忘れじの吸血鬼

赤川次郎

JN210963

集英社文庫

イラストレーション／ホラグチカヨ
目次デザイン／川谷デザイン

忘れじの吸血鬼

CONTENTS

忘れじの吸血鬼

吸血鬼の初恋物語

霧の中の恋人

「どうする？」

と、みどりと千代子《ちよこ》は顔を見合わせた。

「——僕のせいだ」

と言ったのは、みどりたちと同様、N大生の戸田聡《とださとし》である。

「僕が残ってるよ。君たち、先に行っていてくれ」

「だけど……」

みどりは、ためらっている。

「大丈夫。この道は一本だから。後でホテルで落ち合おう」

「そうするか」

と、千代子は肯《うなず》いて、

「あんまり遅れると、エリカたちが心配するよ」

「そうか。じゃ、戸田君、頼むわね、あの子のこと」

「うん。任せてくれ。この辺のことは僕の方がよく知ってる」

みどりは、その展望台から周囲を見回して、

「少し霧《きり》が出てきたよ。行くなら、もう出かけよう」

と、千代子を促す。

「本当だ。——夜になるまでにはもう少し時間があるけどね」

千代子が腕時計を見て言った。

「じゃ、みどりが運転する？　私、代わろうか？」

「大丈夫。まだ居眠りしない自信はある」

二人して、展望台の階段を下りていく。

山の空気は、初夏というのに、冷たかった。

——大月《おおつき》千代子、橋口《はしぐち》みどりのおなじみの二人、N大生仲間でドライブに来ていた。

大学の行事の後で、三連休になっていたのである。

車は二台で、みどりと千代子、もう一台には戸田聡と、一年生で、クラブでみどりの後輩になる山中恒子《やまなかつねこ》という子が乗っていた。今夜はこの先の峠を越したペンションに泊まることになっていて、二人といつも一緒の神代《かみしろ》エリカは一家で先にペンションへ行って待っているはずだ。

エリカの一家——すなわち父親で「由緒正しい吸血鬼」フォン・クロロック、その二

度めの妻でやきもちやきの涼子《りようこ》(娘のエリカより一つ若い!)、そして二人の間に生まれた赤ん坊の虎《とら》ちゃん、こと虎ノ介《とらのすけ》。

この四人は、涼子の、

「車じゃ四人は窮屈よ!」

という主張で、列車で行っているので、早く着いているはずなのである。

「——私たちも列車にすりゃ良かったか」

と、車に乗ってエンジンをかけながら、みどりが言った。

「今さら言っても仕方ないわ。さ、行こう」

「本当に霧が出てきたね。急ごう。山道で霧じゃ怖い」

みどりがいつになく真面目《まじめ》な顔で言うと、アクセルを踏んだ。

——みどりの名誉のために言っておくと、みどりも千代子も至って真面目な大学生であって、健全な食欲と好奇心の持ち主である。もっとも、食欲と好奇心ばかりが盛んで、一向にもてないという評も、友人の間にはあったのだが……。

さて……。

みどりと千代子の車が行ってしまうと、戸田聡は、

「おい、もう出てきていいよ」

と呼びかけた。

ガサッと茂みが揺れて、ほっそりとした色白の少女が顔を出す。

「みどりさんたち、行った?」

「うん。ペンションで落ち合うことにしてある。大丈夫だよ」

「何だか……悪いわ」

山中恒子は目を伏せた。

「いいさ。——こうでもしなきゃ二人になれない。そうだろ?」

戸田が肩に手をかけると、山中恒子の体は磁石にひかれる鉄片のように、彼の胸へ吸い寄せられていった。

二人の唇がしっかり重なる。——展望台の下の谷から霧が音もなく吹き上げられてきて、抱き合う二人をスッポリと包み込んでしまった……。


「みどり!」

と、神代エリカが手を振って、

「お父さん! みどりたちが来た」

と、ペンションの中へと声をかけた。

「そうか。それは良かった」

フォン・クロロックはペンションのサロンから出てくると、

「これで、少しは虎ちゃんの相手をしてくれるかもしれん」

「何を喜んでるの？　私は、この霧の中、よく無事に運転してきたな、って思って喜んでるのに」

と、エリカがにらむと、

「いや、もちろんだ！　私とて、エリカの大切な友人たち、谷底に落ちても死にそうもない子たちとはいっても、一応は心配しとったぞ」

「本人たちの前で言わないで。殺されるわよ」

エリカはペンションから表へ出た。

車が正面に停まって、千代子が降りてくる。

「エリカ！」

「千代子。大変だったね。お父さん、荷物を運んであげて」

「任せておけ」

本家吸血鬼のクロロック、力も人間の何倍もある。トランクを開けると、中のバッグをヒョイヒョイとつまみ出した。

「――みどりは？」

と、エリカが言った。

「中で固まってる」

「え？」

中を覗《のぞ》き込むと、運転席のみどりは、ただひたすら前方を見つめ、ハンドルを両手ともギュッと握りしめて、身じろぎもしない。

「みどり。――もう着いたのよ。――みどり」

と、エリカが声をかけると、みどりの顎《あご》が小さく上下する。

どうやら、分かってはいるらしいのだが、体が硬直化して動けないのだ。

「――どうした？」

と、クロロックがやってくる。

「慣れない山道で、しかもこの霧だったもんですから、みどり、異様に緊張しちゃって。本当に息も止めるかと思うくらいに必死で運転してたんです。途中で、代わろうか、って言ったんですけど……」

「なるほど。なに、大丈夫。普段しつけないことをすると、誰でもこうなるものだ」

クロロックはドアを開けると、両手をみどりの肩にかけて、

「さ、リラックスするのだ。力を抜いて、筋肉を自由にしてやるのだ……」

と、言い聞かせた。

同時に、クロロックの体のエネルギーがみどりに伝わる。それがまるで、お湯が凍りついた機械を解放するように、みどりのこわばった体を解きほぐした。

みどりの手がパタッと膝《ひざ》の上に落ち、全身で息をつく。

「——生き返った！」

と、みどりは言った。

「良かったね」

と、エリカはみどりを促《うなが》して車から降ろすと、

「よく運転してきたわね」

「やめるわけにいかないでしょ、一旦走らせちゃったら」

みどりはどっと汗がふき出して、

「ああ！　シャワー浴びたい！」

「いくらでも浴びて。さ、中へ入ろう」

エリカは笑ってみどりの肩を抱いた。

「——そういえば、もう一台の車は？　二台だったでしょ？」

「うん、戸田君の車ね」

と、千代子が答える。

「一年生の子と二人で遅れてくることになったの。でも、大丈夫かしら、この霧で」

「他の奴のことまで考えられない」

と、みどりは正直である。

「ともかく中へ入ろう」

クロロックが、荷物を全部一人で持つと、ペンションの中へ入っていく。

「——山中恒子、だっけ」

と、エリカがサロンのソファに腰をかけて言った。

「そう。一年生でね、みどりの後輩よ、クラブの。おとなしくて、色白で。なかなか可愛いわ」

千代子が一息つきながら、

「でも——何だか変なのよ」

「変、って？」

「展望台の所でね、一旦車を停めて、みんなで写真とったの。——あ、そうだ。これ、もうフィルムとり切っちゃった」

千代子はカメラを取り出した。

「もう、一本とったの？」

「違うわよ。前の旅行の残りが二、三枚あったから、使ったの」

千代子は、巻き戻しずみのフィルムをカメラから取り出した。

「——それで、展望台から少し身をのり出して下を見てた山中恒子がね、『きれいな花があるから取ってくる』って言い出したの。危ないからやめなさいよ、って私とみどりは言ったんだけど、戸田君がね、『そんなに危ないことないから、取ってこいよ、待ってるから』って言って……。それで取りに行ったきり、なかなか戻らないの」

「へえ……。でも、まさか何か事故があったわけじゃ……」

「分かんないわ。ともかく、戸田君は、待ってる、と言った以上、彼女が戻るまでいるって言うから……。ともかく私たちだけで先に来たの。良かったけどね。もっと遅れてたら、みどりだって、運転してられなくて、立ち往生《おうじょう》してたかもしれない」

みどりは先に部屋へ行っていた。よっぽどくたびれていたのだろう。

「――じゃ、戸田君とその山中恒子って、どこかで動けなくて困ってるんじゃないの？」

「さあ……。戸田君はこの辺に何度か来たことがあって、よく道は分かってるって言ってたけどね」

「それにしても……。却《かえ》って無理に走らせると危ないわよね」

と、エリカが言っていると、クロロックがフラリとサロンへ入ってくる。

エリカは、気がかりな表情を、父の顔に読み取った。

「じゃ、私もひと休みする」

と、千代子が立ち上がる。

「まあ、どうぞお茶でも」

と、入ってきたのは、このペンションのオーナー、坂口信子《さかぐちのぶこ》。

五十歳くらいの、背筋のピンと伸びた気持ちのいい女性である。

エリカは千代子を坂口信子へ紹介しておいて、父の方へと歩いていく。

「――お父さん」

「エリカか……。やはり気になるか」

クロロックが小声で言った。

「お腹空《なかす》いてるの？」

クロロックはムッとした様子で、

「そうではない！　この霧だ」

クロロックは窓から表を眺めていた。――そこは、さっきとは比較にならないほど濃くなった霧で、すっかり視界が閉ざされていた。

「――凄《すご》いわね。でも山の中だもの。たまにはこういうことがあるでしょ」

「いや、それは分かっとる。しかし、この霧には、何かの意志が感じられる」

「意志？」

「うむ……。思い過ごしならいいのだが」

と、クロロックは考え込みながら言った。

「——大丈夫かしら、戸田君たち」

と、エリカは呟《つぶや》いた。

一夜の宿

「見て、明かりよ！」

と、山中恒子《やまなかつねこ》が声を弾《はず》ませた。

「ペンションに着いたんじゃない？」

「いや、違うだろう」

戸田《とだ》は慎重に車を走らせていた。ともかく、ライトを点《つ》けても、ほんの二、三メートル先しか見えないというひどい霧《きり》なのである。

そして、戸田は自分でも道に迷ってしまったことを知っていた。恒子には、彼女が不安がるといけないので黙っていたが、あまり霧がひどいので、わき道へ入り、却《かえ》ってとんでもない所へ来てしまっていたのだ。

もう夜になる。――このままでは、車で夜明かしかもしれない、と戸田は内心覚悟していた。

「でも、ともかく明かりよ。家があるんだわ」

と、恒子は言った。

「よし、行ってみよう。一晩泊めてくれるかもしれない」

「いい人だといいわね」

と、恒子が祈るように胸の前で両手を組み合わせた。

「待てよ……。明かりは見えてるけど、どう行けば着くんだろ」

と、戸田が言うと、まるでそれに答えるかのように霧が前方だけスッと薄くなって、カーテンでも開けたかのように見通しが良くなる。

少しうねった細い道が、林の奥の明かりの方へと向かっている。

「これを辿《たど》っていきゃ良さそうだ」

と、戸田はホッと息をついた。

汗をかいている。やはり緊張して運転していたせいである。

何としても、彼女を乗せて事故を起こしたりすることだけは避けたい。

戸田聡《さとし》と山中恒子。――二人はもともとの「恋人同士」というわけではない。

確かに、このドライブで初めて顔を合わせ、

「この子、そっちの車に乗せてやって」

と、橋口《はしぐち》みどりに頼まれたのである。

ところが――。一緒に車を走らせて、少しおしゃべりするうちに、戸田はたちまち、

この控え目な女の子にひかれていった。事実上「一目惚《ひとめぼ》れ」と言っていいだろう。

戸田は、こういうことがあると信じていない人間だったので、我ながら信じられないような気分だった。しかし、自分が彼女を恋しているのは確かなことだったし、彼女の方もまた、戸田に恋していた——少なくとも戸田にはそう思えた。

それで、橋口みどりたちには悪いと思ったのだが、二人で話をして、あの展望台で後に残るようにしたのだ。

おかげで、こんな凄《すご》い霧に出くわしてしまったが、戸田は別に後悔していなかった。

「少なくとも電話を借りるくらいはできるだろう。神代《かみしろ》君たちも心配してるといけないからね」

古びた木造の家だった。といっても、かなり大きいし、二階建てで、壁面につたが這《は》っていたりして、どっしりとした構えだ。明かりが点いているのは、一階のいくつかの窓だけで、二階の方は真っ暗だった。

しかし、明かりが点いているからには、人がいるには違いないだろう。

車を正面に停めると、戸田は、

「君、ここで待っててくれ」

と、恒子に言った。

「ええ」

「ともかく、家の人と話してくる。すぐ戻るからね」

「はい」

と、恒子は肯《うなず》いたが、少し心細げに、

「すぐ戻ってね」

と付け加えた。

戸田は素早く恒子にキスして、車から出ると、また濃くなってきた霧の中、玄関の軒先の明かりが白くにじんでいる方へと小走りに急いだ。

呼び鈴を鳴らして、しばらく待った。――インタホンなんてモダンな物じゃない。本当に〈呼び鈴〉なのである。

小さなライオンの頭が柱に取り付けてあって、その口から下がった鉄の輪を引くと、中でシャンシャンと鈴の鳴る音がする。

しばらく待って、もう一度引く。――招かれざる客である。ちょっと気はひけたが、何としても出てきてもらわなくてはならない。

中からは、反応らしいものがなかった。

気になって振り向くと、また白い霧が寄せてきて、すぐそこに停まっている戸田の車さえスッポリ包んでしまっている。

恒子が心細いだろう。戸田は一旦車へ戻って、恒子もここへ連れてこようかと思った。

そのとき、

「——どなた？」

ドア越しとはいえ、低く呟《つぶや》くような声だが、何とか聞き取れないこともない。

「あの、突然すみません」

と、戸田は少し大きな声で言った。

声の感じからいって、相手が年寄りではないかと思ったのだ。

「車で道に迷っちゃって。凄い霧なものですから。ちょっと——入れていただけないでしょうか」

しばらく間があった。ドアは閉じたままだ。あまり「いい風向き」でもなさそうな沈黙であった。

「申しわけありませんが……」

と、やはり囁《ささや》くような声が洩《も》れてきた。

「人様をお入れするほどの住まいではありませんので……」

「いえ、あの——」

戸田は焦《あせ》った。

「連れがいるんです。女の子が。——ちょっと休ませていただくだけでも。この霧が晴れるまで、何とかお願いできないでしょうか」

車の方を振り返ったが、やはりスッポリと霧の中に呑《の》み込まれてしまっている。

「――何でしたら、お電話をお借りするだけでも。この先のペンションで待ってるんです、仲間が。心配していると思うので、連絡しておきたいのですが」

戸田も必死である。追い返されたら、車だって十メートルも動かせまい。

すると――カチリと音がして、ドアが開いた。ギーッと、かなりきしんで開いたのである。

「――すみません、無理言って」

と、謝って、

「N大生で、戸田といいます。あの……」

「お入りなさい。失礼しました」

白いワンピース。髪の長いその女性は、色白で細面《ほそおもて》の端正な美人だった。年齢はたぶん四十前後だろう。けれども、老けた感じはなく、いかにももの静かな印象であった。

「めったに、人とお会いすることがないので」

と、促す。

「ありがとうございます！　あの――車に女の子がいるので、連れてきます」

「お荷物もお持ちなさい」

と、その女は言った。

「ここへお泊まりになるしかないわ」

「いえ、そんな——」

「この霧は、朝にならないと晴れません」

と、目を表へやって、

「長く住んでいますから、分かります。それにここには電話がないんですよ。さあ、お友だちを連れてらして。正面が居間です。暖かいですから、そこへ。私は何か飲み物でも用意しましょう」

「すみません！　助かります」

正直なところ、戸田は空腹でもあった。途中、お腹《なか》が空《す》いたらつまもうと買ったサンドイッチは、もう一台の車の方にある。

「——恒子！　泊めてくれるって」

戸田は車の方へ戻っていったが——。

あれ？　こんなに離れてなかったぞ。

霧の中へ踏み込んでいっても、車がない、ない！

「恒子！　——どこだ？」

戸田はあわてて大声を出した。

「ここよ」

すぐそばで声がして、戸田は飛び上がりそうになった。

「びっくりした！　——車は？」

「何言ってるの。そこにあるわ」

確かに、車がうっすらと見える。

「変だな……。玄関から真っ直ぐ来たのに」

「霧で方向感覚がくるうのよ、きっと」

「そうかもしれないな。——さ、中へ入ろう！」

バッグを取り出し、二人は玄関から入って、ドアを閉めると、上がり込んだ。

「——立派な家ね」

と、恒子は、幅の広い階段を見上げた。

「ああ。でも、電話もないんだってさ。——ま、ちょっと変わった人なんだろ。美人だけどな」

と、冗談を言った戸田は、恒子がその場にしゃがみ込んでしまうのを見てびっくりした。

「——おい！　大丈夫か？」

「めまいが……。何だか、気が遠くなりそう……」

恒子は、戸田の腕につかまって、やっと立ち上がった。

「どこか……横になりたい」

「うん……。こっちへ来て」

ともかく正面の開いたドアを入ると、暖かい居間で、ソファがあった。恒子をそこへ寝かせて、

「待ってろよ。今——」

と言いかけたものの、こんなときどうしたらいいか、さっぱりである。

居間を出て、オロオロしていると、

「どうなさって？」

さっきの女性が、盆を手にやってきた。

「すみません！　彼女が……めまいがするって言うんで」

「あら。霧の中にいて冷えたのよ、きっと。——これ、そちらのダイニングルームへ持っていってくださる？」

と、盆を渡す。

「あ——。でも……」

「女のことは女の方が分かるわ。それに、少し着ているものを脱いだりゆるくした方が楽になるから。覗《のぞ》いてはだめよ」

と、微笑んで、

「それとも、もう特別な『彼女』なの？」

戸田は赤くなって、

「とんでもない！　そんなんじゃないです！」

と、むきになって言った。

「じゃ、向こうで待っていて」

と、その女は言った。

「はい」

戸田は、言われた通り、ダイニングルームに盆を運んだ。

お茶でも、お腹に何も入れないよりはましである。——戸田は盆にのせてあったお茶を二杯とも飲んでしまった。

ホッとしたせいだろうか。相変わらずお腹は空いているのに、戸田は眠気がさしてきて、どうしたんだろうと考える間もなく、眠り込んでしまっていたのである……。

館の秘密

エリカは目を覚ました。

「──エリカ」

と、低く押し殺した声。

「お父さん……。どうしたの?」

エリカは起き上がった。──一緒の部屋では千代子《ちよこ》とみどりが、雷が落ちても気が付かないだろうと思えるほど、気持ち良さそうに深い寝息をたてて眠っている。

「起きろ。ちょっと気になることがある」

クロロックの様子には、どこかただならぬ気配が漂っていて、エリカもたちまち頭が冴《さ》えてしまった。

「──すぐ行く」

エリカは、手早く着替えをして、下のサロンへ下りていった。

クロロックが窓辺に立って外を眺めている。

「——どうしたの？」

と、エリカが声をかける。

「何か聞こえたのだ。——叫び声のようだったが……」

「叫び声？　じゃ、もしかして——」

「分からん。しかし、見ろ、表を」

エリカは窓から外を見て、びっくりした。

あれほどの濃い霧だったのが、今はきれいに消えて、月明かりの下、ほとんど昼間のよう、と言ってもいいくらい、木立の一本一本も見分けられる。

「もう午前三時だわ」

と、エリカは言った。

「うむ……。あの霧も妙だったが、こうもきれいになくなってしまうのもふしぎだ」

二人が話していると、

「——どうかなさいまして？」

と、声がした。

「や、これは起こしてしまいましたかな。申しわけない」

クロロックは振り向いて、このペンションのオーナー、坂口信子《さかぐちのぶこ》に言った。

「ご心配ですわね。お友だちがまだおいでにならないのは」

と、ガウン姿の坂口信子は窓の方へやってきて、

「まあ、霧が晴れましたのね。朝になれば、きっとおいでですわ」

「だといいのですが」

「何かご心配？」

と、信子が訊《き》く。

クロロックが答える前に、

「お父さん、車が来る」

「え？」

と、信子が目をみはって、

「どこに？」

「いえ……。チラッとライトが」

本当は鋭い耳が車のエンジン音を聞いていたのである。

「無事に来てくれればよいがな」

クロロックも、もちろんその音を聞いている。

やがて、夜の中に確かに車のライトが小さくポツリと浮かんで、木立の間を動いてきた。

「来た！」

エリカは駆け出した。

ペンションの玄関から外に出ると、エリカはその車がやってくるのを見て、

「――違う。戸田《とだ》君の車じゃない」

と言った。

しかし、確かにその車はこっちへ向かってくる。

「――息子です」

と、出てきていた坂口信子が言った。

「息子の車ですわ」

「息子さん?」

「ええ。東京へ用事で行っていたんです」

車が停まると、ドアが開いて、

「母さん!」

と、若い男が出てきた。

「息子の智之《ともゆき》です」

と、坂口信子が言った。

「遅かったのね」

「あの霧で……。それより、倒れてたのを乗せてきたんだ。手を貸して」

「まあ、誰が?」

「大学生じゃないかなあ」

エリカはそれを聞いて、車へ駆け寄ると、後部座席を覗《のぞ》いて、

「戸田君だ！」

「私が運ぼう」

クロロックが、戸田を軽々と抱えて、中へ運び込む。

——坂口智之は、二十五、六の、がっしりした体格の青年だった。

「じゃ、この人もうちのお客だったのか」

ソファに寝かされた戸田を見下ろして、

「道の真ん中に倒れてたんだ」

「女の子はいませんでした？」

と、エリカが訊く。

「女の子？　いや……。見かけなかったよ。ともかく、暗いし、まだ結構霧が出ていたしね」

と、智之は答えた。

事情をエリカから聞くと、考え込んで、

「車の事故かな？」

「そうではあるまい」

と、クロロックが首を振った。

「車が事故を起こしたのなら、どこか、切り傷や打ち身の跡があろう。この若者の場合は何もない」

「でも、気を失ってたのよ」

「そうだ。そこが気になる」

クロロックはひどく不安げである。

そこへ坂口信子が濡らしたタオルを持ってきて、ソファに寝かされている戸田の顔を拭《ふ》いた。

戸田が軽く頭を左右に動かして、じきに目を開けた。

「――良かった！　気が付いたわ」

と、信子がホッと息をついたが――。

「ワーッ！」

突然、戸田はソファからはね起きると、

「助けてくれ！　誰か！　助けてくれ！」

と、叫びながら、居間の中を駆け回りだしたのである。

エリカたちも呆気《あっけ》に取られて、しばし眺めるばかり。

「――どうしたんだ？」

と、智之が言った。

「パニックを起こしているのだ」

クロロックは、大股に歩み寄ると、

「触るな！　あっちに行け！　化け物！」

と、喚《わめ》いている戸田の肩をギュッとつかんで、

「落ちつけ。──何も心配ない。もうお前は安全だ」

と、かんで含めるように、ゆっくりと言った。

「安……全……」

戸田はまだ青ざめて震えているが、体の緊張は大分緩《ゆる》んできた。しかし、目は大きく見開いて、怯《おび》えたように宙を見つめている。

「そうだ。何も心配なことはない。──さあ、体の力を抜いて」

エリカは、クロロックのエネルギーが戸田の体を柔らかくしているのを感じ取っていた。みどりの場合と同じだ。

突然、戸田が崩れるように倒れた。

「大丈夫。心配するな」

クロロックが、戸田を立たせる。

「あ……。僕は、どうしたんです？」

戸田が、やっと夢から覚めたかの様子で、

「君……。神代《かみしろ》君か」

「戸田さん。——ともかく座って。何があったの？」

「恐ろしい……。怖くて、思い出すのも……」

戸田は頭を抱えた。

——この騒ぎで、さすがに目を覚ました千代子とみどりがサロンへ入ってきて、目を丸くしている。

「ちょっと！」

パジャマ姿のみどりが大股にやってくると、

「戸田君！　山中《やまなか》さんはどうしたのよ！」

と、かみつきそうな声を出す。

「橋口《はしぐち》君……。恐ろしいことがあったんだ……。お願いだ。少し待ってくれ」

と、戸田が胸に手を当てて言った。

「冗談じゃないわよ！　あの子を放ったらかして逃げてくるなんて！　何よ、だらしない！」

「ね、みどり、落ちついて」

と、千代子がなだめたが、

「あの子は私の後輩なの！　何かあったら、どうしてくれるのよ」

みどりは、パジャマの腕をまくると、

「もっ、と怖い目にあわせてやる！」

と言うなり、パンチを一発、戸田の顔にお見舞いしたのである！

「みどり！」

と、エリカがあわてて止める（もう遅いが）。

が、殴《なぐ》られた戸田の方は、

「――そうだ。彼女を助けなきゃ」

と言い出した。

「ありがとう！　やっと頭がスッキリした」

――みどりの一発が、戸田の恐怖心を追い払ったらしい。

「心理学者にゃ言えないわね」

と、エリカは父に言ったのだった。


戸田が夜中に目を覚ましたのは、少し食事が重かったせいかもしれない。

――一旦眠り込んでから、じきに目を覚ましてみると、ダイニングテーブルには温かい食事が用意されていた。

戸田は、ほとんど何も考える間もなく夢中で食事をして、やっと生き返った。

ふと気が付くと、あの女が微笑を浮かべてドアの所に立っている。

「あの……。ごちそうさまでした」

と、戸田は赤くなって言った。

「いいえ。おいしく食べてくだされば、それでいいのよ」

と、女は入ってきて、

「そのままで。片付けるのは明日でいいから」

「でも――」

と、戸田は言いかけて、

「あの――彼女はどうしました?」

訊きながら、食べるのに夢中で山中恒子《つねこ》のことを忘れてしまっていた自分が恥ずかしくなった。

「心配いらないわ。二階でぐっすり眠ってるから」

「二階で?」

「ええ。あの子の方が先に目を覚まして、やっぱり凄《すご》い勢いで食事をしたのよ。あなたのことも覗きに来たけど、あんまりぐっすり眠っていたから、そっとしておいてください、って……」

「そうですか」

とりあえず、戸田はホッとした。

「朝になれば霧も晴れるでしょ。――私ももうやすむわ」

「あ、どうも――」

戸田はあわてて立ち上がり、

「すみません！　僕らのせいで――」

「いいえ。お客様は珍しいから、私も楽しかったわ」

女はそう言って、

「こっちへ。――あなたは下で寝てね。二階は女が寝る所」

「どこでもいいです」

戸田は、さっき恒子が寝かされた居間へ連れていかれた。ソファにきちんと白いシーツがかけられ、毛布がたたんである。

「――じゃ、ここで寝てちょうだい」

「はい。何から何まで、申しわけありません」

戸田も、満腹になってまた眠気のさしてくる気配。

「あの子……恋人なんでしょ」

訊かれて、ちょっと照れる。

「付き合いってほどのことは……。このドライブで、初めてお互い、ゆっくり話をしたんです」

「まあ。じゃ、ホヤホヤね」

と、女は笑って、

「お二人とも、これが初恋ね」

「さあ……。僕はそうです。でも、彼女の方がどうなのか、知りませんけど」

「彼女もそうよ。どうして分かるか、って？　初恋は、とても強いエネルギーを出してるの。長い休火山が激しく爆発するように、初めての恋は、それまでに蓄えてきたすべてがふき出すから、凄いエネルギーなのよ」

「そうですか……」

「はた目には分かるの。あなたも彼女も、初恋ならではのエネルギーを発してる。私なんか、とても近付けないくらいだわ」

女は、微笑んでいた。――その笑顔は戸田にやさしく絡《から》みつくようだった。

「じゃ、私はこれで」

と、女は居間を出ようとして肩越しに振り返り、言った。

「決して二階へ上がってこないでね」

発見

「おかしいな」

と、戸田《とだ》は車を停めて、

「こんなに戻るわけないのに」

「ともかく、この道には間違いないの？」

と、エリカは訊《き》いた。

「たぶん……。何しろ凄《すご》い霧《きり》だったからね、あのときは」

後ろの車も停まって、坂口智之《さかぐちともゆき》が出てくると、エリカたちの車へとやってきた。

「――どうだい？」

「もっと近かったと思うんです。ここまで来ると、じきにあの展望台だ」

「では、一旦展望台まで行ってみた方がいい」

と、クロロックが後ろの座席で言った。

エリカとクロロック、そして戸田の三人がみどりたちの車を使い、みどりと千代子《ちよこ》は坂口智之の車に乗せてもらっている。

「——よし、そうしよう」

智之が肯《うなず》いて、自分の車へ戻っていく。

「でも、おかしいな。あの館へ行く道があったはずなのに」

と、戸田が車を再び走らせる。

「今度は心の目で見ることだ」

と、クロロックが言った。

「心の目？」

助手席のエリカがチラッと振り向いたが、クロロックはそれ以上は言わず、じっと腕組みをしていた。

——二台の車は、山道を辿《たど》っていく。

もう少しすると空が白み始めるという時間である。

「——神代《かみしろ》君」

と、戸田が言った。

「僕がどうかしてたのかな」

「分からないわよ。世の中、ふしぎなことだって起こるんだから」

と、エリカは言った。

――喉《のど》がかわいた。

戸田は、眠りから覚めると、起き出して台所へ行き、水を飲んだ。

そして、居間の方へ戻りかけたのだが……。

――もちろん、あの女に念を押されたことは忘れていない。

二階へ上がってきてはいけない。

あの女の言い方は、どこか謎めいていて、却《かえ》って戸田の好奇心を誘った。

二階へ上がってはいけない……。

何も、恒子《つねこ》をどうしようというわけじゃない。大丈夫なのかどうか、ちょっと様子をうかがうくらい……。友だちなのだ。いや、恋人だということは別としても、戸田は男として恒子を守る義務がある。

戸田は、階段の下に立って、じっと二階を見上げた。

そして――上がっていった。

どうして上がっていったのか、自分でもよく分からない。ともかく、何か見えない糸に引かれるように、上がっていったのである。

二階の廊下は、明かりもなく暗かった。――寝静まった廊下を歩いていくのはためらわれたが、ふとドアの下から明かりが洩《も》れていることに気付いた。奥の方のドアである。

そっと近付いてみると、ドアの下の隙間《すきま》から洩れてくる光は、ずいぶん明るい。ここで恒子が眠っているとは思えない。すると、あの女がまだ起きて何かしているのだろうか？

もし、見付かったら、と思うと戸田は上がってきたことを後悔した。これだけ色々世話になっておきながら、こうして約束を破ってしまったのだ。

そうだ。――見付からないうちに戻ろう。

戸田は、そっとドアから離れた。

すると、――バリバリ、という何か固いものの砕けるような音がしたのである。

何の音だ？　戸田は耳を澄ました。

バリバリ……。まだ聞こえている。――間を置いて、バリバリ、バリバリ、とくり返される音……。

そのとき、戸田はこの古めかしいドアに、いかにも「覗《のぞ》いてみろ」と言わんばかりに、鍵穴があるのに気付いた。

覗くな、と言われても無理だった。そっと身をかがめ、その穴に目を当てて中を覗いてみたのだ。

「――あれが本当に見えたことなのかどうか、自分でもよく分からないよ」

車を、再びペンションへ向かう道に沿って走らせながら、戸田は言った。

「あんなものが……現実にあるわけがない。そうだろ？」

「でも、あなたが見たって言うのなら――」

「見た。確かに。――僕は幻を見るようなタイプじゃない」

「じゃ、本当だったのよ」

と、エリカはアッサリと言った。

「だけど……」

戸田は、一旦言葉を切って、

「部屋中に――白骨が山と積まれていて、その真ん中に座り込んだ白髪の女が、骨をかみ砕いてるなんて……。悪夢だよ」

戸田は、目を疑い、強く頭を振って見直した。――確かに、後ろ姿を見せているその白髪の老女は、やせ細った腕をむき出しに、大きな骨をつかんでしっかりと支え、それにかみついているのだった。

バリバリ……。骨が割れ、さける音。

戸田は何か声を上げてしまったらしい。

老女がパッとドアの方を振り返ったのである。

「――あの真っ赤な目！　火をふくような口。白い顔に、赤い唇。その端から覗いている尖《とが》った歯……。悲鳴を上げて、僕は逃げ出した」

「当然よ」

「しかし……恒子はどうしたんだろう。もしあのとき――」

「停めろ」

と、クロロックが言った。

車が停まると、クロロックたちは外へ出た。

「お父さん、どうしたの？」

「道だ」

「――どこに？」

クロロックが静かに両手を前に出して、目の前の木立を押しやると、それは呆気《あっけ》なく左右へ倒れて、そこにわき道が拓《ひら》けたのだ。

「この道だ！　きっとこの先です」

と、戸田が声を上げた。

「行こう」

と、クロロックは言った。

――二台の車がその建物へ着いたとき、辺りは少し明るくなりかけていた。

「凄い家だな」

と、坂口智之が言った。

「ああ……」

戸田は、その今にも倒れそうな家を見上げて、

「こんなにひどくいたんでたなんて……」

「夜は、すべてを違って見せることがあるものだ」

と、クロロックは言った。

「入るぞ」

正面のドアは、呆気なく開いた。というより、クロロックが少し力をこめて開けると、蝶番《ちょうつがい》がこわれて外れてしまったのである。

中は、埃《ほこり》だらけの廃屋のような状態だった。

「こんなじゃなかった！　本当です」

と、戸田は言った。

「いや、床を見ろ。埃の中に足跡がある」

「――じゃ、やっぱりここ？」

と、エリカは階段を見上げた。

「用心しろ。これだけの人数は支え切れないぞ」

クロロックが、マントを翻《ひるがえ》して宙を飛ぶと、手すりの上にフワリと立った。そして、

そのまま細い手すりの上を歩いていく。

「ここにいて」

エリカもヒョイと手すりへ飛び乗り、父の後を追った。

「――凄い」

と、呆気に取られていた戸田が、

「僕も行く」

と、手すりの上に――立とうとして、みごとに階段の上に落っこちた。

メリメリと音をたてて、階段が抜け、戸田はその穴の中へ落っこちてしまったのである。

「みどりが乗らなくてよかった」

と、千代子が言った。

「建物ごと潰《つぶ》れてるよ」

――クロロックとエリカは、正面のドアの前に立つと、

「妙だね」

「うむ。――何も妖気のようなものが感じられん」

クロロックがドアを開けた。

中は空っぽだった。

何もない。椅子一つ、机一つ見当たらない。

「幻だったのかしら？」

「いや、もしそうなら、床に埃が積もっているだろう」

確かに、床の上は他の場所に比べてきれいである。

「片付けて逃げた？」

「しかし……この建物の中にはいないようだぞ」

と、クロロックが言ったとき、

「キャーッ！」

みどりの、ボリュームたっぷりのソプラノの悲鳴（？）が家を揺るがした。

二人が駆けていって、階段の上から、

「どうしたの？」

と呼びかけると、

「戸田君が……骨になった！」

と、みどりが叫んだ。

階段にポカッと開いた穴から、骸骨《がいこつ》の頭がヌッと出ている。

「――違うよ！　僕はちゃんとしてる！」

戸田が頭を出して、

「この下に……人骨が……」

と、青くなっている。

「待て」

クロロックたちが下りていき、戸田をともかく引っ張り上げた。

「――お父さん！」

エリカが穴の中を覗き込んで、

「ここへ隠したんだね」

確かに、暗がりの中、そこには一体何人のものか、見当もつかないバラバラになった人骨が山積みされていた。

「やっぱり、本当だったのね」

と、千代子が胸に手を当てて、

「じゃ、山中《やまなか》さんは……」

「いや、早合点《はやがてん》するな」

と、クロロックは言った。

「この骨は古いものばかりだ。それに、どれもかみ砕かれてはいない」

「それじゃ、どういうこと？」

クロロックは、首を振って、

「一旦外へ出よう。何かがいるとしても、もうここにはおらん」

と、みんなを促した。

「――狐《きつね》につままれたみたいだ」

と、戸田は外へ出て言った。

もう、表は大分明るくなっている。

「一体、山中さんはどこに行ったのかしら？」

と、エリカが息をつくと、

「あの白骨……。やっぱり普通じゃないよね」

と、建物の方を振り返る。

そして、エリカはふと気付いた様子で、

「戸田君。あなたが最後に山中さんの姿をじかに見たのは？」

「え？　じかに？　――そうだなあ。この中へ入って、気分が悪くなって……。その後は……」

「見てないんでしょ。その女の話を聞いただけで」

戸田はゆっくり肯いて、

「うん。――そうだ」

「じゃ、本当に食事をして二階で寝ていたかどうか分からないわけね」

エリカの言葉を聞いて、クロロックは考え込んだ。——エリカがふしぎに思うくらい長く、考え込んでいる。

（といって、クロロックがいつも「考えごと」をしない、という意味ではない。念のため）

ルルル……。

突然、早朝の静けさの中に電話の音がして、みんな飛び上がるほどびっくりした。

と、坂口智之が駆けていく。

「車の電話だ」

「——はい。——うん、僕だよ。——え？　それじゃ、無事で？　——分かった。すぐ戻るよ」

智之が電話を切って、

「母からで、今ペンションに山中恒子さんが着いたそうです」

みんなが顔を見合わせ、

「何だ！」

「良かった！」

と、口々に言った。

「何ともないって？」

と、みどりが訊く。

「そのようだよ。ともかく戻ろう。みんな心配してたってことは分かってるだろうけどね」

智之が車のドアを開ける。

「――エリカ」

と、クロロックが言った。

「なに？」

「急ぐぞ！」

と言うなり、クロロックの姿は風を巻き起こして木立の間へ消えた。

誰もが呆気に取られている。

「どうしたんだ？」

と、戸田が唖然《あぜん》として言った。

「何かあるんだわ」

と、エリカは言って、ハッと息をのんだ。

ペンションには、涼子《りょうこ》と虎ノ介《とらのすけ》がいる！

「お先に！」

と言うなり、エリカは父の後を追って木立の間へ飛び込んだ。

道を辿れば車も速いだろうが、ペンションへ最短距離を取るには、林の中を抜けることである。エリカは前方に注意力を集中した。

木々の間を風のようにすり抜けていく。よけられないときは、瞬間的にエネルギーを飛ばして枝を砕いた。

父の駆け抜けた跡を、エリカは辿ることができた。耳もとに風が唸《うな》り、やがて遠く小さな明かりが見えてくる。

逆　転

「ともかく、ご無事で良かったわ」

と、坂口信子《さかぐちのぶこ》が熱いお茶を出す。

「ありがとうございます」

と、山中恒子《やまなかつねこ》はそっとお茶をすすった。

やや青ざめてはいるが、恒子は特別に憔悴《しょうすい》した印象でもなかった。

「一体どうしたの？　みなさん心配してたのよ」

と、信子が言ったが、

「私にも……よく分からないんです」

と、恒子は首を振るばかり。

「そう。——ともかく、今息子の車に電話を入れたから、みんなすぐ戻ってくるでしょう。ゆっくり休むといいわ」

「はい。ありがとうございます！」

と、恒子はまだ半分眠ってでもいるような様子だった。

「横になってもいいでしょうか。眠るわけじゃないんですけど」

「ええ、もちろん。――ソファに寝る？」

「はい。ベッドだと本当に眠ってしまうかも。――もし眠ってしまっていたら、起こしてください」

「はいはい。邪魔はしません」

と、信子は微笑んだ。

サロンのソファに、恒子が横になると、信子は明かりを薄暗く落とし、そっと廊下へと出ていった。

――恒子は、横になってじっと目を閉じていたが……。

ギギ……。

ドアが少しきしんで、誰かが入ってきた。

恒子が目を開けると、

「ワア」

と、小さな男の子がヨチヨチ歩きでやってくる。

恒子はゆっくり起き上がって、

「何してるの？」

と、声をかけた。

「あなた——虎《と》ノ《の》介《すけ》ちゃんね」

「ワア」

虎ノ介が両手を振り回して、とても夜明け前とも思えない元気さを発揮すると、恒子はごく自然な感じで笑っていた。

「——虎ちゃん？」

と、ドアから顔を覗《のぞ》かせたのは——。

「あら、ごめんなさい。邪魔しちゃったかしら」

もちろん、涼子《りようこ》である。

何と、虎ちゃんとお揃《そろ》いの柄のパジャマ姿。——本当はクロロックのもあるのだが、

「それだけは勘弁してくれ」

と、逃げ回っている。

「あ……。どうも」

と、恒子は言った。

「こんばんは。——あなた、山中……恒子さんだっけ？」

「ええ」

「そう。じゃ、着いたのね！　良かったわ。ひどい霧《きり》でしたもんね」

涼子は、虎ちゃんと眠っていて、戸田《とだ》が一人でここへやってきたことも知らないのである。

「どうしてこんな所で寝てるの？　お部屋でちゃんと寝ればいいのに。——虎ちゃん！」

と、涼子が叱《しか》る。

虎ちゃんは、雑誌とみると、一ページずつちぎり取るという「趣味」があるのだ。

「昼間、少し眠っちゃったもんですからね。夜中に目を覚まして。——夜の方が元気っていうのは、父親譲りで仕方ないんですけどね」

と、涼子は叱りながら、虎ちゃんが雑誌を破っているのを眺めるだけ。

「——お若いですね」

と、恒子は言った。

「戸田さんから、凄《すご》くお若いとうかがっていましたけど、こんなに……」

「向こうは再婚ですから」

と、涼子は少し照れている。

「あの……初恋ですか？」

と、訊《き》かれて、

「え？」

涼子が訊き返す。

「いえ、今のご主人が初恋の相手なのかな、と思って」

「ああ……。そうですね」

涼子は微笑んで、

「ちょっと憧《あこが》れたり、ファンになったりということはあったけど、確かに『恋』ってい
うほどのものは、今の主人とが最初でしょうね」

「そうですか……。羨《うらや》ましいわ」

と、恒子は言って、虎ちゃんを見ると、

「初恋が実って、こんな可愛い赤ちゃんが産まれて……。本当にすてき」

「そうかしら。――ま、幸せですけどね、確かに」

などと涼子ものろけている。

「さ、虎ちゃん。寝なきゃだめ！　――さ、行くのよ」

と、抱っこして、

「重いんだから、本当に！」

虎ちゃん、まだ自由にしていたいので、暴れること――。

「あの、私に抱っこさせてもらえません？」

と、恒子が立ち上がって言った。

「え？　重いですよ」

「いいんです。抱いてみたいの。いいでしょ？」

「ええ。それじゃ……。これ、おとなしくしなさい」

と、涼子は虎ちゃんに言い聞かせる。

「ワア」

虎ちゃんも、何となく状況を察して、「慣れてない人に抱っこされるときはおとなしくしてないと危ない」と思ったのか、至って静かに恒子に抱かれた。

「――まあ、おとなしい。いい子ね」

と、恒子は笑いかけ、

「さ、お二階へ行きましょうね」

先に立ってサロンを出ると、階段を上がっていく。

「おとなしいのね。他の人に抱っこされると」

と、涼子も笑いながらついていった。

「本当に可愛い……。食べちゃいたくなるわ」

と、恒子は、抱きかかえた虎ちゃんの上にそっと頭をおろしていく……。

バン、と何かが破裂するような音がして、ペンションのドアが吹っ飛んでいた。

「あなた！」

と、涼子が目を丸くして、

「だめじゃないの、ドアを壊して！」

「虎ちゃんは？」

と、クロロックが言った。

「今、あの女の人が――」

と、階段を見上げて、

「あら。どこへ行ったのかしら？」

虎ちゃんを抱いた恒子の姿は、階段には見えなかったのだ。


「何ですって？」

戸田が目をみはる。

「彼女が……山中恒子が、あの館の女だっていうんですか？」

「そうだ」

クロロックは重苦しい表情で、

「思い出してみるがいい。君は、山中恒子とその女を、同時に見たことがあるか」

戸田は、目をパチクリさせて、

「待ってください……。車に彼女を残して……。館の中からあの女が出てきた。そして車へ戻って——。恒子は中へ入って気分が悪くなり、ソファに寝かせて……」

戸田はゆっくり肯《うなず》いた。

「確かに。——着ている物を脱がせるから中を覗くな、と言われました。それから僕は眠ってしまい、目が覚めて食事をして……。あの女がやってきて、もう恒子は先に寝たと……」

「分かったか」

「ええ。二人同時に見たことはありません。——本当だ。でも、まさか……」

エリカがサロンへ入ってくる。

「お父さん。ペンション中捜したけど、いないよ」

「そうか……」

涼子がグスグス泣いて、

「私のせいだわ！　あの子を渡してしまった！」

「お前が悪いわけではない。落ちつけ」

クロロックが涼子をやさしく抱いて、慰《なぐさ》める。

「警察へ連絡しますか」

と、坂口信子が言った。

「いや、これは世間の常識が通用する話ではない」

と、クロロックは首を振った。

「でも、あの子、一年生で、ずっとクラブとか一緒だったのよ」

と、みどりが信じられない様子。

「その謎は当人に訊くしかないな」

クロロックは、エリカの方を向くと、他の誰にも聞き取れない小さな声で何か言った。

エリカの聴力も人間とは全然違うのである。

「――ともかく、誰もここから動かんようにしてくれ」

と、クロロックは言った。

「ことは子供の命にかかわる。私と娘がもう一度この中を捜索する間、どうかここにいてくれ」

「分かりました」

と、坂口信子が肯いて、

「私がここから動かないようにして、見ています」

「よろしく頼む」

クロロックは、エリカを促してサロンを出た。

「お前は下だ。私はもう一度二階を見る」

という声がして、クロロックの足音が階段を上がっていく。

――サロンは重苦しい空気に包まれている。

「僕のせいだ」

戸田が立ち上がって、

「僕も一緒に捜します」

「いえ、だめよ」

と、坂口信子が止める。

「クロロックさんとの約束だわ。ここを動かないで」

「しかし……」

「ともかく、待ちましょう。きっとクロロックさんには何か考えがおありよ」

戸田はまた腰をおろすと、

「タバコ、喫《す》ってもいいですか」

と言って、ポケットから取り出し、

「気持ちを落ちつけたいんで」

「どうぞ。――火を」

信子がライターを渡す。

戸田がタバコに火を点《つ》け、白い煙を大きく吐き出した。

子供は眠っていた。

恒子は、その館の中へ入ると、ゆっくり周囲を見回した。

「――上がってこい」

と、声が言った。

恒子は、子供を抱き直すと、階段を上がり始める。

途中、穴が開いていたが、うまくよけて通ることができた。

二階へ上がると、廊下の奥のドアが少し開いている。

恒子は、見えない手に導かれるように、そのドアへと歩いていった。

「入れ」

と、声が言った。

中はガランとして、何もなかった。人の姿もない。

「子供をそこへ置いていけ」

と、声が命じた。

恒子は、部屋の空っぽの床の真ん中に、そっと子供をおろした。子供は少し身動きしたが、そのまま眠り続けている。

「――よし、もう行け」

「私は……どうすれば？」

と、恒子は訊いた。

「湖がある。その底がお前の行き先だ」

「湖……。湖の底ですね」

「そうだ。行け」

「はい……」

恒子は、フラッと踵《きびす》を返して部屋を出ていった。

ドアがスッと閉まる。

そして——部屋の壁が一枚、グルリと回って、その男は現れた。

床では、虎ちゃんが眠っている。

男はそろそろと近付いて、虎ちゃんの周りをゆっくりと歩いた。

床がギーッと鳴って、虎ちゃんが身動きする。男はあわてて虎ちゃんの方へかがみ込んだ。

と、虎ちゃんがパッと目を開いた。そしてギクリとして手を止めた男の足首にかみついたのである。

「ワッ！」

不意打ちだった。男は虎ちゃんを振り離したが、痛む足首を抱えて尻もちをついた。

ドアがバリバリと音をたてて裂け、クロロックが入ってくると、素早く虎ちゃんを抱

え上げ、

「受け取れ！」

と、放り投げる。

エリカが廊下でしっかりと虎ちゃんを抱き止めた。

「やったよ！　こら、呑気《のんき》に笑っててんじゃない！」

エリカは、遊んでもらっていると勘違いをしてキャッキャ喜んでいる虎ちゃんをにらんでやった。

「――分かってたのか」

と、男は――戸田は言った。

「ああ」

クロロックは肯いた。

「確かに、お前の話によれば、山中恒子とその女を一緒に見ていない。しかし、お前がそれに気付いてもらうように、細かく話をしすぎたので、おかしいと思ったのだ。普通そんなにいちいち説明はしない。もし誰も気付いてくれなければ、自分で言い出したのだろうな」

クロロックは、エリカの方へ、

「山中恒子は大丈夫か」

と、声をかけた。

「うん。今、みどりたちが見付けたって。湖へ入るんだって言ってるそうよ」

「催眠術をかけられているのだ。虎ちゃんをさらってきたのもな」

「タバコの煙と見せかけて、みんなを眠らせたのは良かったけど、みんな水をぶっかけられたら、目を覚ましたわ」

と、エリカは言った。

「畜生!」

戸田が立ち上がる。——形相《ぎようそう》が変わっていた。口が大きく裂けるように広がり、鋭い歯が覗いた。

「吸血鬼か、お前も」

と、クロロックは言った。

「エリカ。外へ出ていろ」

「うん……」

エリカは虎ちゃんを抱いて、館の外へ出ていった。

「——虎ちゃん!」

涼子が駆けてきて、虎ちゃんを引ったくるようにして抱きしめた。

「エリカ。中は——」

と、千代子が言いかけると、絞り出すような悲鳴が聞こえた。

「離れて！」

エリカがみんなを遠ざけたとき、館がメリメリと大きな音をたててきしみ、そしてドッと崩れ落ちた。

「逃げて！」

凄《すご》い土埃《つちぼこり》が湧き上がり、しばらくは雲のように静まらなかった。

やがて——その中からクロロックが現れた。

「お父さん」

「うん……。奴はもう滅びる運命だったのだ」

クロロックは、埃をかぶって、真っ白になっていた。

「ペンションに戻って、シャワーでも浴びよう。すべてはその後だ」

と言って、クロロックはむせ返ったのだった……。

エピローグ

「――私に話してくれました」

と、恒子《つねこ》は言った。

「初恋。そのすばらしさを。でも、彼は初めて恋した相手に裏切られたんです」

――昼下がりのサロン。

ガウンにゆったり身を包んだクロロックがソファで休んでいる。

エリカがその傍《かたわ》らに腰をおろしていた。

「初恋の人の所へ、プレゼントを届けに行くと、その女の子は他の男とベッドに入ってたんです。――彼は打ちのめされたようです」

恒子はそう言って、

「でも……吸血鬼なんて。あの人が？」

「女を信じられなくなったのだな。初恋に酔っているカップルを見ると、襲っていた。あの白骨の山は、たぶん彼の祖先の代からのものだろう」

「それで、恒子さんに催眠術をかけて、『初恋で幸福な人間』を捜させたのね」

「というか、涼子《りょうこ》と虎ノ介《とらのすけ》のことを知っていて、狙いをつけていたのだろう。一方で、この子がやったと見せかけるように、死体を食う鬼の話をでっち上げた」

「それって……。二、三カ月前に大学の行事で見た『お能』です！『安達原《あだちがはら》』っていう……。きっと、それを思い出して利用したんだわ」

と、恒子が言って、

「ひどいわ……。私のことを鬼だなんて」

と、哀《かな》しげに、目を伏せる。

「あんたは好きだったのだろう。だから彼に同情し、催眠術にかかりやすい状態になっていたのだ」

「ええ……。気の毒で。私で慰《なぐさ》められるのなら、って思ってました」

と、恒子は肯《うなず》いた。

「――じゃ、お父さん、どうしてあんな話をわざわざ作ったの？」

「ここを空っぽにするためだ。当然、奴には私とお前の素性が分かっていたわけだからな。私らがいては、とても涼子たちへ手が出せんと知っていた」

「お二人が吸血鬼なんて……」

恒子は呆然としていたが、

「──私、血を吸われてもいいわ」

と言って赤くなった。

「やめて。夫婦ゲンカのもとになるから」

と、エリカがあわてて止める。

「はい。じゃ、ともかくこのことは決して口外しません」

と、恒子は笑って言った。

「でも、お父さん。戸田《とだ》君はどうなったの?」

「ま、粉々になった、というかな……。しかし、あれは同じ形を借りたもののように見えたぞ」

「借りた?」

「いわば、複製のように、当人とそっくりの外見に変えられる力を持っていたのではないかな。戸田が大学にいたのなら、血を吸われた子がいたはずだし」

「あ、そうか」

と、エリカが言ったところへ、

「失礼します」

と、坂口信子《さかぐちのぶこ》がやってきた。

何だか妙な顔をしている。

「どうかしました？」

「あの……今、お客様が――」

ノコノコとサロンへ入ってきたのは、戸田だった。

「――戸田さん！」

と、恒子が立ち上がる。

「戸田さん、じゃないよ」

と、戸田はむくれて、

「ひどいじゃないか！　僕を置きざりにして」

「え！」

「展望台でキスした後、霧が晴れるのを待ってたら、いつの間にか君はいないし、車もないし……。散々迷子になって歩き回っちゃったよ」

と、口を尖《とが》らしている。

「そんな……。じゃ、キスしたのは本当のあなただったのね？」

「何だい、『本当の』って？」

戸田はさっぱり分からない様子。

エリカはポンと戸田の肩を叩いて、

「ゆっくり二人で話し合って。一言じゃ話せないのよ」

と言った。

「何のことだい？」

「いいから……。こっちへ」

と、恒子が戸田の肩を抱いて、サロンを出ていく。

「展望台での話を立ち聞きして、いわば戸田君をコピーしたわけね」

と、エリカは言った。

「ああ、しかし――」

と、クロロックが言いかけたとき、

「ただいま！」

と、涼子の声がした。

「――いかん！」

クロロックがあわてて立ち上がる。

エリカも気付いた。今、サロンを出た戸田と、涼子が出くわしているだろう。

二人が駆け出していってみると――涼子がしっかりと虎ちゃんを左手で抱きかかえ、右手の拳《こぶし》を固めて、戸田にパンチをお見舞いしたところで……。

戸田はみごとに大の字になってのびていたのだった。

忘れじの吸血鬼

冷たいスクリーン

突然、映画館の中に冷気が流れ込んだ。

それは何だかスクリーンの方から客席に向かって、目に見えない巨大な冷蔵庫の扉を開けたとでもいう感じで、どっと溢《あふ》れるように流れ出したのだった。

客席のあちこちで、

「寒い！」

「クーラー？　今どき、どうして？」

と、女の子たちの声が上がったが、今が秋たけなわの十月の末であることを考えれば、当然だったろう。

——神代《かみしろ》エリカは、映画が面白くないので少し前からウトウトしていたのだが、その冷たい空気がフッと身体を包むのを感じてハッと起き上がった。

「今のは？」

と、思わず隣の橋口《はしぐち》みどりに訊《き》いていた。

「エアコンの故障じゃない？」

と、みどりは大して堪《こた》えてもいない様子で、

「ほら、止まったみたいだし」

エリカの反対側に座っていた大月千代子《おおつきちよこ》も、

「そうね。——ここ、古い映画館だから」

と、小声で言って天井を見上げると、

「今月一杯で閉めちゃうんだってよ」

客席のざわめきもおさまりつつあった。あの冷気はどこかへ吸い取られでもしたように消えて、みんなの注意はまたスクリーンの方へ向けられた。

しかし——エリカはそうできなかった。

今の冷気は……。居眠りしていたから、はっきりとは言えないけれども、普通のエアコンの風なんかではなかったような気がする。まるで実体のあるもののようで——そう、巨大な手がエリカの頰《ほお》をサッとなでて通ったような気がしたのである。

——この週末、エリカ、みどり、千代子のN大名物の「三人組」（絵ハガキを売り出そうかという話もある！）は、揃《そろ》って映画を見に来た。

見たくて来たというよりは、みどりが「タダ券があるから行かなきゃもったいない！」と主張してのことだが、やたら飲み物を買ったり、帰りに何か食べて帰れば、そ

っちの方が映画代よりよほど高くつくのである。

エリカは特に映画に退屈していた。何しろ「吸血鬼もの」の映画だったからだ！ 人間の母親との間のハーフがエリカである。

神代エリカの父親はフォン・クロロックという「善良な吸血鬼」。人間の母親との間のハーフがエリカである。

映画の方は日本製で、西洋の古城とか夜会服姿の吸血鬼は出てこない代わり、山間《やまあい》の小さな村に伝わる吸血鬼伝説と、それを調べにやってきた女子大生たちが次々と魔物に襲われるという「十三日の金曜日」パターンを組み合わせたお話になっていた。

その村の風景などはなかなかいい雰囲気だったのだが、何しろ女の子が襲われるのが安直な設定で（なぜかお風呂に入っていたり、シャワーを浴びていたりする）、見ていてすっかりしらけてしまう。

で、登場した吸血鬼というのが、「あんた、熊？」という毛むくじゃらの怪物で、こりゃとてもお父さんにゃ見せられない、とエリカは思ったのだった……。

――映画が終わって、やれやれ、という様子でみんなが席を立つ。

「半分くらいの入りか」

と、みどりが言った。

「土曜の夜でこれじゃ、当たってるとは言えないね」

千代子が冷ややかに判断を下した。

「帰りに何か食べて帰るでしょ」

「みどりは、そっちがメインなんだから」

と、エリカが笑って出口の方へ通路を歩きかけたときだった。

「お母さん！　お母さん、どうしたの！」

と、すぐ脇の席で声が上がった。

見れば、高校生くらいの女の子が、隣の席でぐったりしている母親を揺り起こそうとしているのだ。

「――どうしたの？」

と、エリカが声をかけると、

「あの――母が――。眠ってるんだと思ったんです。でも起きなくて……」

と、娘の方は青ざめている。

エリカは近寄って、その母親の方の手首を取った。――冷たい。

「みどり！　映画館の人に言って、救急車、呼んでもらって！」

「あいよ！」

みどりが駆け出していく。

「どこかへ寝かせよう。千代子、そこの脇の通路へ出る扉、開けといて」

エリカはそう言うと、

「よいしょ！」

と、母親の体を軽々と持ち上げてしまった。

他の客はみんな帰ってしまっていたが、娘の方は目を丸くしている。

むろん、吸血鬼の血をひくエリカは人並み以上の力がある。

「——さ、寝かせて。千代子、みどりに、ここにいると言ってきて」

「分かった」

千代子は駆けていった。

ソファに寝かせてみたものの、その母親の体は冷え切っている。——妙だ、とエリカは思った。

さっきの冷気。あれがこれと同じような冷たさだった。手首を取って確かめてみると、脈は打っているのだ。

「お母さん……。死んじゃった？」

と、娘の方は今にも泣き出してしまいそう。

「大丈夫。気を失っているのよ。でも——」

と言いかけたエリカは、

「おい、どうした？」

という声を聞いて、パッと表情が明るくなる。

「お父さん！」

「ちょうど、この前を通ったのでな。あの二人が目についた」

「ね、この人を見て。気を失ってるみたいなんだけど」

父親、フォン・クロロックが黒いマント姿で現れたので、娘の方は呆気《あっけ》に取られている。

クロロックはソファの脇に膝《ひざ》をつくと、母親の手を取って急に厳しい表情になる。

「――娘さんかね？」

「はい」

「ハンカチか何かを洗面所へ行って濡らしておいで」

「はい！」

娘が駆け出していく。エリカが、

「お父さん――」

「娘を遠ざけておきたかったのだ」

「だと思った」

「これは何かにとりつかれている」

「やっぱり？　さっき妙なことがあってね」

エリカが冷気のことを話すと、

「見当もつかんが……。ま、ともかくこの女にとりついたものを追い出してみよう」

「できる？」

「できるだろうが……。後が問題だ。——少し離れておれ」

「うん」

エリカが退《さ》がると、クロロックはその母親の体を抱き起こし、両腕でギュッと抱きしめた。

「こりゃ、お母さんには見せられないや」

と、エリカは呟《つぶや》いた。

クロロックの妻、涼子《りょうこ》はエリカより一つ年下という若い後妻で、えらくやきもちやきである。虎ノ介《とらのすけ》という子供もいるのだが、クロロックが他の女と話しているだけでも目がつり上がってくる。

——見ていると、母親の体が大きくそって、深い呼吸をしたと思うと——何か空気がフワリと揺れる感じがあった。

「——出ていった」

クロロックは、母親の体をソファに戻して、

「見たか？」

「何となく。——何だと思う？」

「分からん。そう悪いものという印象はないがな」

と、クロロックは首を振って言った。

「どこへ消えたんだろ？」

「それが問題だ。——この映画館はずいぶん古いな」

「じき、閉めちゃうそうよ」

と話していると、娘が戻ってきた。

「持ってきました！」

と、濡らしたハンカチを手に駆けてきたと思うと、

「キャッ！」

何かにつまずいて、前のめりになり、手にした濡れハンカチはみごと母親の顔の上にベチャッとのっかった。すると、

「キャッ！」

母親が飛び起きて、

「冷たい！　——のぞみ！　何するのよ、お母さんに！」

と、大声を上げたのだった。

「そんなことがあったんですか。——何も知らず、失礼しました」

その母親は、すっかり恐縮して今度は真っ赤になっていた。冷えたり熱くなったり、忙しいことだ。

「お母さんたら、本当にみっともない」

と、娘の方はむくれて、

「救急車の人にだって、私が謝ったんだからね」

「そう言わないでよ」

と、母親は情けない顔になって、

「母さんだって、何でこんなことになったのか、さっぱり分からないんだから」

——映画館のロビーは、もう今日の上映が終わってしまったので、当然のことながらエリカたち以外は誰もいない。

「やあ、具合はどうです?」

と、やってきたのは、この映画館の支配人である。

「ご厄介かけまして。私、八田佳代子《はったかよこ》と申します。これは娘ののぞみで」

「こりゃどうも。支配人の安東《あんどう》です」

もう六十代も半ばだろう、髪がすっかり白くなっていて、なかなかの紳士という感じである。

「この映画館は、あと一週間、今の〈吸血鬼のたそがれ〉をやって、それで閉めることになっておりましてね。私が支配人になって三十年たつが、気分の悪くなったお客にはいつもできるだけのことはしてきました。何かあれば、ぜひ申しつけてください」

「ごていねいに……。もう本当に大丈夫です。こちらの……」

「フォン・クロロックです」

と、多少気どって名のり、

「これは不肖の娘、エリカと申します」

「〈不肖〉は余計よ」

と、エリカはつついてやった。

「ま、後は、中を見て回って鍵をかけるだけですから、ゆっくりなさってください」

と、支配人の安東は言って、座席の方へ入っていった。

「さてと……」

クロロックは顎《あご》をなでながら、

「あんたには、ああいう風に気を失うことがよくあるのかな?」

「いえ、そんな……。初めてです」

「気を失ったとき、どんな風だったか話してくれんか」

「はい……。といっても、見ていると、ただフッと気が遠くなって……」

「それって、あの冷たい空気が流れてきたときですか?」

と、エリカは訊《き》いた。

「ええ! そう。スッと寒気がして、それで……。じゃ、本当に寒かったんですね。私、自分がそう感じただけなのかと思いました。貧血でも起こしたのかと」

「そんな感じだったのか?」

「そうですね……。でも、そういやな気分じゃありませんでした。何となく——ちょっとこう……気持ちのいい感じで」

「気持ちがいい?」

「懐かしい友だちと会ったときみたいでした。——ええ、妙な言い方だけど、そんな感じでした」

「懐かしい友だちか」

クロロックは考え込んだ。

「あの……」

と、娘ののぞみが母親の肩に手をかけて、

「もう帰ってもいいでしょうか」

「ああ、いいとも。しかし……」

クロロックは、真剣に八田佳代子のことを見つめて、

「あんたの様子を、二、三日見てみたい。私は医者ではないが、他の人間の知らんことを少しは知っている。昼間、もし時間がとれたら、ここへ来てくれんか」

クロロックが名刺を出す。

もちろん〈吸血鬼のご用命は〉などとは書いてないが、今クロロックは〈クロロック商会〉の雇われ社長である。

「はあ……。分かりました」

「よろしく頼む。どうも気になることがあるのだ」

――八田佳代子とのぞみ母娘《おやこ》が帰っていくのを見送って、クロロックとエリカは顔を見合わせた。

みどりと千代子《ちよこ》は先に近くのレストランへ行っている。みどりが「お腹《なか》が空《す》いて死ぬ！」と訴えたのだ。

「――お父さん、何を考え込んでるの？」

「うむ……。あの女にとりついたものが、ああもアッサリと出ていったことも妙だ。他にとりつく物がそばにはなかったと思うが」

「何か悪いもの？」

「よく分からんから気になるのだ」

クロロックは映画館の中を見回して、

「どうも、どこかから誰かがこっちを見ているという気がする」

「私、もう行かないと。みどりたちが待ってる」

「ああ。それじゃ私は先に帰るぞ」

クロロックは肯《うなず》いて言った。

二人は外へ出ると、左右へ別れて歩いていった。


「お母さん」

のぞみは、立ち止まってしまった母親を振り返って、

「どうかしたの？」

「——何でもないわ」

と、佳代子は首を振った。

佳代子はあの映画館を、見ていたのである。

「しっかりしてよ」

と、のぞみは少し苛々《いらいら》している口調で、

「人前で倒れちゃったりして！」

「仕方ないじゃないの。気を失っちゃったんだから」

二人はまた歩き出した。

――八田佳代子とのぞみは、母一人、子一人の二人暮らしである。父親はのぞみが小学生のころ、事故で死んでしまった。

幸い、保険や補償金が充分に出て、二人の生活はそう苦しくならずにすんだのだけれど、やはり父のいない家の心細さのせいか、母と娘は、まるで姉妹のように暮らしていた。

そして、のぞみが十八になった今では、どっちかというと夢見がちでおとなしい佳代子よりも、のぞみの方が「姉」のような役回りになっていたのである。

「――何だかね、あの映画館が私のこと、じっと見送ってるような気がしたの」

と、佳代子は言った。

「変なこと言わないでよ。人が聞いたらどう思う？」

「だって、本当なんだもの」

佳代子の方が子供のようにむくれている。

「いい加減にしてよ。それから、あの変な格好のおじさん」

「クロロックさん？　すてきな人じゃないの。『おじさん』だなんて」

「だって本当よ。それに、名刺渡して、二、三日したら来い、だなんて。何か売りつける気なのよ。絶対行っちゃだめよ」

「まさか！　——のぞみ。あなたはしっかり者かもしれないけど、人を見る目はお母さんの方が確かよ。クロロックさんはいい方です」

と、佳代子は言い切った。

「もちろん、ちょっと普通の人とは違ってる。でも、安心できる人よ」

「はいはい」

のぞみは肩をすくめた。

「しょうがないわね、お母さんは。お父さんが心配してたのも分かるよ。何しろ山の中の小さな村で生まれ育ってるから、母さんには浮世ばなれしたところがある、って……」

「——あ、そうだ！」

と、突然佳代子が立ち止まって言った。

「今度は何なの？」

「思い出した！　あの映画のロケ地。ずっと見ながら思ってたの。ここ、どこかで見たことがある、って。そしたら、思い出したのよ」

「何を？」

「あの村、私が生まれた村だったわ」

と、佳代子は言った。


「おい」

と、支配人の安東は言った。

「ご苦労さん。まだ帰らないのか？」

映写機の向こうから、若々しい顔が現れる。

「もう少しです。ちゃんとやっときますから、先に帰ってください」

「しかし……。いつもすまん」

「いえ、ちっとも」

と、映写技師の山代《やましろ》は笑顔で、

「好きでやってるんですから。このフィルムの匂《にお》いに包まれてると飽きないんですよ」

「お前は……」

と、安東は笑って、

「ま、ともかく助かるよ。じゃ、俺は一足先に帰らせてもらう」

「どうぞ。後は大丈夫です」

「ああ、分かってるよ」

安東は映写室の山代に手を振って、引き返していく。

実際、今どき珍しい男なのである。――今は映写技師も少なくなって、どこの映画館でも人手を確保するのが大変な時代だ。

安東にしても事情は同じで、前の映写技師がもうとっくに停年を過ぎていても、後が見つからず、困っていた。そこへフラリとやってきたのが山代で、まだ二十歳そこそこの若さ。

「好きなんで、やらせてください」

と、給料のことなど一言も言わずに働き出した。

もうその時点で半年先にここを閉めることは決まっていたので、それなら好きなよう

にさせてやろうと安東は思ったのだ。

そして、山代は本当に映画を映すことを楽しんでいる様子だった……。

――安東が表の通りを疲れた背中を丸めて歩いていく。その後ろ姿を見送って、

「さあ、後は俺たちの世界だ」

と、山代はニヤリと笑った。

暗い客席の中へ入っていくと、正面にぼんやりと白い空間が浮かぶ。――あのスクリ

ーンにありとあらゆる世界のもの、現実にはありえないものさえが映し出される。

山代が通路に立っていると、ジーッと音がして、映写窓から光が射し、スクリーンに絵が映し出された。

「おい、何してるんだ」

と、山代は振り向いて笑うと、

「勝手に動かすなよ。電気代がかかるんだぜ」

スクリーンには、今公開している〈吸血鬼のたそがれ〉のシーン――山間《やまあい》の、ひっそりと忘れられたような村の風景が見えていた。

「好きだな、この場面が」

と、山代が言うと、

「故郷だ」

と、黒い人影がいつの間にか客席の一つにおさまっている。

「寂しそうな所だね。――あと一週間したら、フィルムは返さなきゃならないよ。どうするんだ？」

「これは俺のものだ！」

と、それは怒ったように言って、

「お前だって、ここを閉めたくあるまい」

「もちろん。だけど、閉めさせずにすむ、うまい方法があるかい？」

「それを考えるのだ」

と、じっとスクリーンを見つめる。

もう場面は変わって、セットでのドラマになっていた。

すると――画面がピタリと静止して、シュルシュルと音がしたと思うと、フィルムが巻き戻され、また村の風景が映し出されていた。

「――あんたはふしぎな人だ」

と、山代は笑って、

「手を貸してくれるか?」

「むろんだ。――まず、あの支配人を取り込むことだ」

「そうだな」

山代はスクリーンを見つめながら、

「何でもするよ。ここを閉めないですむのならね」

と言った。

画面では、山の間に夕陽が没しようとしていた……。

幻の過去

寂しい道とはいっても、佳代子《かよこ》にとっては慣れた行き帰りで、自分の家の庭にいるのと大して違いはなかった。

もちろん「夕方、暗くなる前には必ず帰っておいでよ。暗くなるといろんなこわいものが出るかららね」と、お母さんに言われていたことは憶えている。

でも、陽が沈んだのはほんの一、二分前のことで、まだまだ辺りには明るさも残っていたし、それにもう先に見えてきた角を曲がれば、後は村へ下っていく坂道である。

ほんの少し、寄り道をして手間どったというだけ……。五つの女の子にとっては、実際大したことではなかったのだ。

林の中の道を、八田《はった》佳代子は急いで駆け抜けていた。――お母さんに叱《しか》られないためには、少しでも急いだ方がいいということは分かっていた。

すると――ヒヤリと首筋の辺りに冷たい風が当たった。

何だろう？　佳代子は振り返ってみた。

まだ秋の入り口で、それにしてはその風は冷たかったが、でもそんなこともあるのかもしれない。

そう思って先を急ごうとした佳代子は、いつの間にか目の前に誰かが立っていることに気付いた。

誰だろう？ ——その大きな「おじさん」は、初めて見る人だった。佳代子は、村の人以外の大人なんて、ほとんど見たこともなかったから、ポカンとしてその人を見上げているばかりだった。

「——おじさん、誰？」

と、佳代子は訊《き》いていた。

「名は何というのだね？」

と、その人は言った。

ともかく——佳代子のお父さんよりずっと大きな人だった。顔が凄《すご》く高い所にあって、見上げていると、首が疲れるようだ。

「佳代子」

「佳代子ちゃんか。おじさんと少し一緒にいよう。構わないだろ？」

佳代子は、本当は急いで帰らなきゃいけなかったのだが、どうしてだかコックリと肯《うなず》いてしまった。

「ではおいで」

と、その人の大きな手が佳代子の肩をつかんだ。

佳代子は、林の中へ、奥深くへと入っていった。——どこまでも。まるで別の国へ着いてしまいそうだと思えるほど、いつまでも歩き続けた。

そのうち、真っ暗になってきて、佳代子も心細くなった。

「——うちへ帰んなきゃ」

と、佳代子は言った。

「お母さんが心配する」

「そうだな。お母さんに心配かけるのは悪い子だ」

「うん」

「ここでいい」

と、その人は言った。

「ここに寝てごらん」

「——こう？」

佳代子は仰向けに横になったが、枯れ葉が一杯落ちていて、まるで柔らかい布団にでも寝ているみたいだった。

「どうだね？」

「うん。眠くなっちゃいそう」

「眠ってもいいんだよ。ちゃんと君を家へ運んであげるから」

その人は、佳代子のそばに膝をつくと、ゆっくりと顔を下ろしてきた。

「——何するの？」

「とても気持ちのいいことだ。怖いことなんか少しもないよ」

と、その人は言った。

「夜空を見てごらん。星が見えるだろう」

「——本当だ」

もちろん、星ぐらい見たことはあったけれど、こんな風に外で仰向けに寝て、星空を正面に見るのは初めてだった。

「きれいだろう？」

「うん……」

佳代子は、その人が自分の首の辺りに顔を埋《うず》めるのを感じた。——くすぐったい。何してるんだろう？

と、首筋にチクリと何かを刺したような痛みがあった。

「痛い！」

「我慢して。すぐに痛みは消える。そしてウットリした気分になるよ……」

本当だった。

佳代子は、宙に浮かんでいるような感じがして、眠気がさしてくると、逆らうことなく目を閉じていた。

そして……眠ったのかどうか。自分でもよく分からなかった。波に揺られてずっと遠くへ運ばれていくような、そんな気持ちがしていた……。


「そして、気が付くと――」

と、八田佳代子は言った。

「もう朝になっていて、村の人たちが私のことを心配そうに覗《のぞ》き込んでいたんです」

クロロックは、会社の応接室のソファに身を委《ゆだ》ねて、じっと八田佳代子の話に聞き入っていたが、

「その話を、これまで誰かにしたことがあるかね？」

と訊いた。

「いいえ」

と、八田佳代子は首を振った。

「話すも何も、ずっと忘れていました。何しろ、五つのころのことですから」

「なるほど」

「それが……。この間の映画で、私の故郷の村を見て、急に気を失ったときに思い出したんです」

「故郷？　すると、あの映画の中に、あんたの故郷が――その出来事のあった場所が出てくるのかね？」

クロロックは身をのり出すようにして、訊いた。

「はい。確かにあそこだと思います」

と、佳代子は肯いた。

「そうか……。すまんが、もう一度あの映画を見て、どの場面か教えてくれんか」

「もう一度見るんですか？」

と、佳代子は少し怯《おび》えたように言ったが、すぐに気を取り直して、

「分かりました」

と肯いた。

「大丈夫かね？　無理に、とは言わんが」

つい遠慮してしまうのがクロロックらしいところ。家での奥さんのしつけが行き届いているのであろう（作者の所もそうだ）。

「いえ、クロロックさんとご一緒なら安心ですから」

と、佳代子はニッコリ微笑んだのである……。

「ええ?」

　と、エリカは顔をしかめて、

「またあのつまんない映画を見るの?」

「頼む!　な?　あの女性と二人で行ったりして、もし涼子《りょうこ》にばれたらどうなるか……」

　エリカも、何も夫婦喧嘩してほしいと思っているわけじゃない。

「分かったわよ。でも――どういう言い方するの?」

「うむ。そこは何か適当に――」

　と、クロロックがいい加減なことを言っていると、

「何が適当ですって?」

　と、涼子が顔を出した。

「あ、いや、エリカとな、勉強のしすぎは体に悪い。適当にやっとけと」

「まあ、いいじゃないの。エリカさんにはいい所へお嫁に行ってもらわなくちゃ。成績が良ければ一流企業へ入って、エリートを捕まえられるわ。――あなた、映画は何時から?」

「うん、まだ充分に時間はある」

「指定席?　私たちとエリカさんは離れた席にしてね。いくら親子でも、夫婦の方が大

切なんだから」

「分かっとるとも！」

クロロックが涼子の肩を抱いて出ていくと、エリカは、

「やれやれだ！」

と呟《つぶや》いて、自分のベッドに引っくり返った。

あのクロロックの「恐妻家ぶり」を見たら、ドラキュラも嘆《なげ》くだろう。

電話が鳴って、ちょうどコードレスホンがそばにあったので、エリカは取って、

「はい」

「ちょっと！」

と、勇ましい声が飛び出してきた。

「ああびっくりした。——あ、この間の映画館の……」

「八田のぞみです」

と、えらくつっけんどんに、

「うちのお母さんを誘惑しないでください！」

「え？」

「この間のことはありがたいと思ってます。でも、お宅は家庭がおありでしょ。うちのお母さんに不倫の相手しろっていうんですか」

　エリカも、やっと八田のぞみの言うことを理解した。

「そうじゃないの。腑《ふ》に落ちないことがあるので、調べたいだけなのよ」

「でも、お母さんは貧血起こしただけです。それなのに——」

「待って。ともかく、映画館へ行けば、安全だってことが分かるわ。お母さんだって、私と浮気しようとは思わないでしょ？」

「どういう意味です？」

「あなたも来て。私とあなたでお母さんを挟んで座る。それならお母さんの手も握られないですむでしょ」

　のぞみは少し迷っていたが、

「分かりました。じゃそうしてください」

「映画代はこっちで出すから」

「結構です！」

　のぞみはそうはねつけて、

「全部、割り勘でお願いします！」

　相当頑固な子だ、とエリカは呆《あき》れ、それでもつい笑ってしまった。

屋根裏

「今夜はまた結構入ってるのね」

と、エリカは映画館の中へ入って、ロビーを見回した。

「エリカ、頼むぞ」

と、クロロックは涼子《りょうこ》と腕を組んで中へ入っていく。

「はいはい」

と、エリカは肯《うなず》いて、

「でも、席がないほどじゃないでしょ。入ろうか」

八田《はった》のぞみは、クロロックが奥さん連れで来たので安心した様子。

「ポップコーンでも買いたい」

と高校生らしいことを言っている。

「そう。じゃ、買ってらっしゃい」

と、八田佳代子《かよこ》がお金を渡して、

「そうだわ。この間の支配人さんがいらしたら、お礼を申し上げたいけど」

エリカは、〈事務所〉とかかれたドアから出てきた若い男へ、

「すみません。支配人さん、いらっしゃいますか」

と、声をかけた。

「え？　――何かご用ですか」

と、その男は訊《き》き返した。

エリカが事情を話すと、

「ああ、そうですか。今日は支配人休みなんです。僕は映写技師の山代《やましろ》といいます」

「じゃ、おいでになったら、よろしくお伝えください」

「分かりました」

山代は軽く会釈《えしゃく》して行ってしまう。

「さ、入ろう」

と、のぞみがポップコーンの袋を手に戻ってくる。

「――うん」

エリカは、どうも気になった。今の山代という男……。

かすかだが、匂《にお》いがある。普通の人間なら、全く気付かない匂いだろうが。

エリカが気にしているのは、それが「死」の匂いのようだったからである……。

ともかく、エリカたち三人は中へ入り、

「少し前に行こう」

と、エリカはさっさと歩いていった。

後ろの席から、ぴったり寄り添う父と涼子の姿を見られたくなかったのである。

やがて映画が始まる。——これが最後の映画ということになっているので、予告編もないのだ。

客席は三分の二ほど埋まっていて、平日としては悪くない。

「すみません。その場面になったら、教えてください」

と、エリカは佳代子の方へ小声で言った。

「ええ。——もう少し先だと思います」

やがて画面には、山間《やまあい》のさびれた村が映し出される。

「ここだわ。——確かに、あの村です」

と、佳代子が言った。

エリカは、佳代子がまた気を失うか、それともあの冷気がやってくるかと思っていたが、今度は何ともないようだった。

そして、スクリーンには、村の中の寂しい道が現れた。

「ここで気が遠くなったんです」

と、佳代子が小声で言った。

エリカは、どうもふしぎな気がしていた。

今の場面を前にも見ているはずなのだが、何か欠けているように思えるのだ。

しかし、同じフィルムを使っているはずなのに、そんなことがあるだろうか。

場面はすぐに次のセットに移った。

——どこか違う。

エリカの直感が、そう告げていた。


「すてきだったわ！　ね、あなた？」

涼子がしっかり夫の腕をつかんでいる。

「ああ、全くだ」

クロロックは、映画館を出ると、いくら何でも、

「社長として、夕飯ぐらいおごらなきゃ」

と主張して、八田佳代子たちと近くで食事することになった。

レストランに入ったクロロックは、涼子が化粧室へ立つと、

「エリカ」

と、顔を寄せて、

「匂いに気付いたか」

「お父さんも？」

「屋根裏だ」

「映画館の？　それは気付かなかった」

「後で行ってみよう」

「うん……」

二人の会話は人の耳にはとても聞こえない小さな声で交わされている。二人にはそれで充分聞きとれる。

涼子が戻ってきて、席につくと、表を見て、

「あら」

と言った。

「あの映画館、もう閉めるんじゃないの？」

ちょうどエリカたちのいる席から、映画館が見えている。

「そう聞いたが」

「でも、〈次回上映〉ってポスターを貼ってるわ」

見れば、確かにあの山代という男が、外の看板にポスターを貼っている。

「変だね。閉めるの、延期したのかな」

と、のぞみが言った。

するど、何やら柄の悪い男が三人、山代を囲んでいる。

どうやら、山代に文句をつけているらしい。

山代は何かいろいろ釈明している様子だったが――。

突然、ヤクザらしい男たちの一人が山代の腹を殴《なぐ》った。山代がうずくまって、そこをさらにけられ、動けなくなってしまう。

男たちは山代の貼った〈次回上映〉のポスターを引っぱがし、引き裂いて投げ捨てた。

「――ひどいことするのね！」

と、佳代子が怒って、

「私、あの人たちに意見してくるわ」

立とうとする佳代子を、のぞみがあわてて止める。

「だめ！　お母さんはすぐそうやって、とんでもないことになっちゃうんだから」

「だって――」

「あんなのに係わり合っちゃいけないんだよ！　今度はお母さんがひどい目にあわされるから！」

「そういう、見て見ないふりをするのが一番いけないのよ」

と、佳代子は主張した。

「まあ、落ちつきなさい」

と、クロロックが言った。

「大丈夫。見てごらん」

窓の外を見て、みんなびっくりした。

山代は、あのヤクザたちが行ってしまうと、ゆっくりではあったが、立ち上がり、一旦映画館の中へ入っていった。そして出てきたときはまたポスターを抱えていて、〈次回上映〉の枠にまた貼り始めたのである。

「呆《あき》れた！　またやられちゃうのに」

と、のぞみが言った。

「どうかな」

と、クロロックは言った。

「さ、料理が来た。食事にしよう」

エリカは、殴られてもまだああしてポスターを貼ることにこだわっている山代に、どこか気味の悪いものを覚えていた。といって、それは食欲に全く影響を与えなかったのだが……。

「やれやれ……。家を出てくるのも楽じゃないぞ」

と、クロロックは息をついた。

「大丈夫？　後でお母さんに恨まれるのなんて、いやだよ」

「そう言うな。涼子は涼子で、私を愛しておるのだ」

「分かってますよ」

と、エリカは冷やかすように言った。

――二人は、一旦帰ってから、夜遅くにこうしてまた出かけてきたのである。

もちろん行き先はあの映画館。

エリカが、あの映画を見ながらの八田佳代子の反応を話すと、クロロックは意外そうでもなく、

「もう、あのフィルムからそれは抜け出てしまったのだ」

「抜け出て？　フィルムから……。そんなことがあるの？」

「ある宗教では、人を写真にとることを禁じておる。魂《たましい》を吸い取られる、と言ってな。無知ゆえと笑うのは簡単だが、確かにそういうこともないではないのだ。あの映画に、撮影している方はそれと知らず、何かが入り込んでいたら……」

「八田佳代子が子供のころに襲われたようなもの？　吸血鬼なの、それ？」

「あの女の話ではそう思えるが。――もし、ここで解決しないときは、その故郷まで行ってみなければならんな」

クロロックの口調は真剣だった。

二人は、もう人気《ひとけ》の少なくなった繁華街を歩いて、やがて映画館の見える辺りまで来た。

「ちょうどいい所へ来たらしい」

と、クロロックは言った。

さっきの三人組のヤクザが、また映画館の前に立ち止まっていた。はがして捨てたポスターが、また貼ってあるのを見て、頭に来たらしい。三人は、映画館の正面の扉をドンドンとけとばし始めた。

クロロックとエリカは少し離れた場所からそれを眺めていた。

中に明かりが点《つ》くと、扉が開いて、山代が出てくる。

「こんばんは」

「おい！　俺たちをなめてるのか！」

「表では、話もできません。どうぞ中へ」

山代は落ちつき払っている。

三人は、ちょっと顔を見合わせて、

「中を叩き壊してやる！」

と、肩をいからせ、中へ入っていく。

山代は扉を閉めると、サッとカーテンを引いてしまった。

「お父さん――」

「うむ。少し様子を見ておこう」

クロロックは、じっと映画館を見ていたが、ふと眉《まゆ》をひそめ、

「いかん！」

「え？」

「裏口へ回ろう」

二人は映画館の裏へ出た。段ボールだの木箱だのが一杯積み上げてあって、どれがどのゴミか分からない。

カチッと音がして、明かりが点くと、古びたドアが開いて、山代が出てきた。大きなゴミの袋を引きずっている。

それを古い段ボールの中へ入れると、戻っていって、また一つ。

結局、三つのゴミ袋を段ボールへ詰めると、その上に他の箱をのせて、フッと息をつき、中へ入っていった。

「――あのヤクザたち、帰ったのかしら？」

と、エリカが小声で言うと、

「ついてこい」

クロロックの声は緊張していた。

段ボールの上のものをどけると、クロロックは、ゴミ袋の端を破った。

中を覗《のぞ》き込んで、エリカは声を上げそうになった。

あのヤクザだ！　ゴミ袋の中に、まるで壊れた人形のように手足もでたらめな向きに押し込まれている。

「でも……血の匂いがあんまりしない」

「もちろんだ。あの男がかついでここへ入れられたのも、死体が血の重さだけ、軽くなっていたからだ」

「ということは……」

「誰かがこの三人から血を抜いたということだな」

エリカは映画館の方へ目をやった。

「――どうするの？」

「うむ……。今から戦いに行くのも手だが、向こうは二人だ」

「二人？」

「一人は山代という男。あれも、並の人間じゃない。分かるだろう」

「うん。――山代がやったんじゃないね」

「もう一人が、おそらくフィルムから抜け出した何かだ。二人が一緒にいる所では厄介かもしれん。一人ずつに引き離しておいた方がいい」

「じゃあ……」

「この三人は可哀そうだったが、もう助からん。一旦引き上げるか」

クロロックはそう言って、ふと上を見上げると、

「屋根裏だ。──もし、まだ生きていたら……」

「誰が？」

「行ってみよう」

クロロックがスルスルと外壁を上っていく。エリカもこの程度のことはできる。父について身軽に一旦映画館の屋根に上がった。

「足音をたてるな。多少の物音は大丈夫。ネズミが沢山いるからな」

「どこから入る？」

古い建物である。昔風に天窓などというものがあって、むろん板を打ちつけてあったが、その板も古くて腐っている。

ちょっと引っ張ると、メリメリと簡単にはがれた。下の天窓は、ガラスに埃《ほこり》が積もって何も見えなくなっている。

クロロックが埃をかき取って中を覗くと、そこは屋根裏部屋らしかった。

フィルムの空リールがいくつも転がっていて、フィルムもぐしゃぐしゃに重なり合っ

ている。

「――どうなってるの？」

「あのフィルムの山だ」

クロロックは、ガラスに爪《つめ》を立てると、力をこめて引いた。キーッと鋭い音がして、ガラスが切れる。

一枚分のガラスを切って外すと、

「お前の方が小柄だ。この隙間《すきま》から中へ入れるか」

「うん」

エリカは頭から潜り込んで、フワリと床へ下りた。

フィルムが山になっているのを少しかき分けると――。ギクリとして手を止める。

男の顔だ。見たことがあった。

「支配人だよ」

と、エリカは言った。

「やはりそうか。生きてるか？」

エリカは、支配人の首筋に手を触れた。

「――生きてる」

「よし、ここから助け出そう。引っ張り出せるか？」

エリカは、支配人にまるでつたのように絡《から》みついたフィルムを、引きちぎり、中から何とか支配人の体を引っ張り出した。

「よし。抱え上げろ」

クロロックが上から手を伸ばした。

エリカが支配人の体を持ち上げると、クロロックがそのえり首をつかんで、グイと引っ張り上げる。

すると——急にザワザワと音がした。

エリカがハッと振り向くと、フィルムが、まるで生きもののように動いていた。

「エリカ！　飛べ！」

クロロックが言った。

エリカは力一杯飛び上がって窓枠にぶら下がった。クロロックは狭い窓から支配人の体を出そうと苦労している。

エリカがよじ上ろうとしたとき、フィルムがまるで蛇のように伸び上がってきて、エリカの足に巻きついた。

エリカは足を引っ張られて、焦《あせ》った。足を振って、フィルムを振り離そうとするが、フィルムはしつこく絡みついてくる。

そのうち、さらに他のフィルムもエリカの足首をつかんだフィルムに巻きつくようにして這《は》い上がってきた。

何本ものフィルムに巻きつかれたら、引きずり下ろされてしまう。

と、手をかけた窓枠がメリメリと音をたてた。――折れる！

クロロックが支配人の体を屋根の上にやっと引き上げると、エリカの手をつかんだ。

危機一髪、エリカがつかまっていた窓枠は裂けて落ちた。

クロロックがエネルギーを集中して、エリカへ絡みつくフィルムへ叩きつけると、フィルムがジュッと音をたてて燃え上がり、パラパラとエリカの足を離れて落ちていく。

エリカはやっと屋根へ上がって、

「怖かった！　何、あれ？」

「フィルムから出てきた奴が、フィルムを自由に操れるのだ」

クロロックは息をついて、支配人の体をかつぎ上げると、

「行こう」

と、促した。

エリカも、これ以上、こんな所にいたくなかった……。

病院

「広中《ひろなか》さん、あの患者さん、どう?」

と、先輩に訊《き》かれて、

「はい、今のところ穏やかです」

と、広中充子《みつこ》は答えた。

「ちょくちょく見てね。向こうはナースコール使えないんだから」

「はい」

——夜勤はくたびれるが、まだ広中充子は二十一歳だ。多少の寝不足は我慢できる。

この総合病院には、いろんな人がやってくるが、あの急患を連れてきた人、本当に面白い格好してた。

そう。——映画の吸血鬼ドラキュラみたいだった。

大きなマントなんか着ちゃって。でも、なかなか人は好《よ》さそうだったけど。

充子は、あの患者さんの病室を覗《のぞ》き込んでみた。

静かだ。——何だかひどい貧血を起こしてるとかで、かなりの輸血をしていた。

今も腕に針が入り、血が入れられている。

もうかなりの年寄りだが、先生が危ないと心配していた割には、安定している。

充子は、腕に入れた針の具合を見て、それから、脈をとった。——大丈夫。さっきに比べるとずいぶんしっかりしてきた。

そのとき、救急車のサイレンが近付いてきた。

「急患だわ」

充子は窓へ寄ると、カーテンを開けて外を見た。

赤い灯《ひ》が暗がりに映《は》えている。〈救急患者入り口〉の前に救急車が停まる。

さ、行かなきゃ。——充子は振り向いて息をのんだ。

目の前に、あの老人が立っていたのだ。窓から射し入る赤い光が老人の顔を染めて、口もとに鋭《とが》く尖った歯が覗いていた。

「あ、あの……だめですよ、起きちゃ！　まだ輸血してる途中で——」

と言いかけた充子は、いきなり老人に首をつかまれ、よろけた。

老人が口を大きく開くと、充子の首筋にその鋭い歯を食い込ませようとした。とっさに充子が頭を傾けてよけたので、老人の歯は充子の肩に当たった。

「何するの！」

怖いよりもびっくりして、充子は力一杯老人を突き飛ばした。――充子は高校で柔道部だったのである。

老人の体は床に一回転した。

「誰か来て！」

充子は廊下へ飛び出した。

「助けて！」

状況は、どう見ても老人の方が「助けられる」方に見えただろう……。

のぞみは、ふっと目を覚ました。

珍しいことだ。――何といっても十八歳の女の子。一度眠ったら朝まで起きることはまずない。

しかし――どうしたんだろう？

暗がりの中で起き上がると、のぞみは明かりを点《つ》けた。

夜中だ。――いや、じき夜が明ける。

何だろう？　――ガタガタと何か物音がして、それで目が覚めたのだと分かる。

何の音？　のぞみはパジャマで起き出すと、音のする方へ歩いていった。

「お母さん！」

びっくりして、たちまち目が覚めてしまった。

母の佳代子《かよこ》が、ネグリジェ姿で玄関のドアを開けようとしているのだ！

「何してるの、お母さん！」

と、のぞみは大声で言った。

だが、全く佳代子には聞こえていない。のぞみは呆然としてしまった。母は裸足《はだし》で下へ下りている！

そして目は開けているものの、何も見ていないかのようで、手がドアのノブをつかんで回していた。

鍵もチェーンもかけてあって、開くわけもないが……。夢遊病？

のぞみは、あわてて電話へ走った。

あの人のうちへ――。神代《かみしろ》エリカの所へかけてみよう。

そのとき、スッと冷たい風が入ってきた。

「まさか！」

のぞみは玄関へ出てみて、唖然《あぜん》とした。

ドアが開いている！

「お母さん！」

のぞみは、あわてて佳代子を追って駆けていった。

「——お父さん、電話」

エリカがそっと父を揺り起こした。

「どうした？」

クロロックがマント姿のまま、起き上がる。

「そのまま寝てたの？」

「何かあると思ってな」

「病院から。あの支配人が看護婦を襲おうとしたって」

「そうか。行こう」

クロロックは厳しい表情で、

「看護婦は？」

「大丈夫だってさ」

「良かった」

「今、鎮静剤で眠ってるって」

二人が家を出ようとすると、電話が鳴り出し、エリカが駆けていった。

「——はい。——どうしたの？　——どっちへ向かってる？　分かった！」

クロロックには、もう分かっているようだった。

「八田《はった》佳代子か」

「うん。家を出て、外を歩いてるんだって。のぞみさんが何しても止まらない」

「どこへ向かってる？」

「方向としてはあの映画館」

「そうか。——あの支配人を助けたので、向こうも気付いたな。いいか、時間を稼げ」

二人は外へ出た。

エリカは冷たい空気の中でちょっと身震いすると、少し明るくなりかけた空を見上げて、

「そうか。朝になるんだね」

「何とか、向こうはそれまでに二人を呼びつけようとする。お前は八田佳代子の方へ行け。私は病院へ行く」

「分かった」

「ではな」

二人は道を分かれて、駆け出した。

一刻を争う！　エリカも夢中で駆けた。むろん、人並み外れたスピードで、道を突っ走っていく。

酔って朝帰り、というサラリーマンが、エリカと「接触」して数メートルもふっ飛ん

だが、けがもなく、単に酔いがさめただけだった……。

のぞみがパジャマ姿で立っているのが見えた。

「――エリカさん！」

「お母さんは？」

「それが――」

のぞみが指す方を見て、エリカは目を丸くした。

八田佳代子は、橋を渡っていた。――それだけならふしぎでも何でもないが、橋の手すりの上を渡っていたのである。

下はかなり深い流れだ。エリカは息をつくと、

「落ちたら大変だ。――いい？　声をかけたりしないで」

のぞみが黙って肯《うなず》く。エリカは佳代子の方へ近付いていった。

「今目を覚ますと却《かえ》って危ないの。今はこのまま歩かせといた方がいい」

と、エリカは言った。

ピタリと佳代子のそばについて、万一のときは捕まえられるようにしているが、本当に川の方へ落ちそうになったら、止められるだろうか？

橋がこれほど長いと感じたことはなかった。

「お母さん、どうしてこんなこと……」

と、のぞみが呟《つぶや》く。

「お母さんはね、昔吸血鬼にかまれたの」

エリカの言葉に、のぞみは、

「馬鹿なこと言わないで!」

と、反発した。

「しっ。――お母さんの中にその記憶が残っているの。そしてあの映画の中で、自分の故郷が映し出されるのを見て、記憶がよみがえってきたのよ」

「そんなこと……」

エリカは、フィルムから抜け出してきた怪物のことは話さなかった。のぞみにそこまで知らせても、仕方ないことだと思った。

――佳代子は、やっと橋を渡り切って、ストンと地面に下りた。エリカはホッと汗を拭《ふ》いて、さて、どうやって佳代子を止めるか。

力ずくで止めることはできても、佳代子を呼んでいる奴がどう出てくるか……。

時間。――時間を稼ぐのだ。

空を見上げると、夜明けが近くなっている。

「鏡!」

と、エリカは言った。

「鏡?」

「大きな姿見、ないかしら? ——ちょっと失礼しちゃおう」

呆気《あっけ》に取られているのぞみの前で、エリカは手近な家の塀《へい》を素早く乗り越え、家の中へ入っていった。

鍵を壊すぐらいのことは、まあこの際、やむを得ない。

寝室へ入り込んだら、ベッドで夫婦が目を覚まし、

「キャーッ!」

と、悲鳴を上げた。

「君、何してる!」

と、亭主の方がガタガタ震えている。

「ちょっと鏡をお借りします。——これでいいや」

壁に取り付けてあった姿見を、ヤッとはがして、

「表に置いときますので。——じゃ、お邪魔しました」

サッサと大きな鏡をかかえて出ていくエリカを、夫婦は唖然として見送ったのだった……。

エリカは、鏡をかかえて、歩き続ける佳代子の前に立つと、鏡を斜めに置いた。

道が全く違ったように見えるはずだ。

案の定、佳代子は戸惑ったように立ち止まると、フラフラと道をそれて歩き出した。

「よし。これで時間が稼げる」

と、エリカは言った。

夜が明ければ……。あと何分かのことだ。

クロロックは、いきなり看護婦にぶつかられてびっくりした。

「大丈夫か？」

と、引っくり返った子に手をさしのべる。

「あ——。あの方ですね！」

広中充子である。やっとこ起き上がると、

「良かった！　困ってるんです！」

「あの患者は？」

「病院中、パニック状態で」

なるほど。——クロロックが覗くと、看護婦がキャアキャア叫びながら逃げ回っているのが見えた。

「困ったもんだ。もともと看護婦が好きだったのかな」

「なんですか、あの人？」

「吸血鬼だよ」

クロロックが当たり前に言うと、

「やっぱり」

と、充子は肯いて、

「ニンニク、嫌い？」

「さあな……。吸血鬼もそれぞれだ」

廊下へ、フラッとあの支配人が現れた。

「血を吸われた者は？」

「私、危うく……。でも、大丈夫でした」

「それは良かった」

「輸血用の血液のパックがあるので、それを飲んでるようです。——あれで輸血したことになるんですか？」

「まあ、あんたは余計なことを考えんでよろしい」

クロロックは、何だか千鳥足の支配人の方へ近付いていくと、

「やあ、元気か！」

と、肩を叩いた。

「や……。誰だっけ？　——どこかで会ったっけね」

「古いなじみじゃないか。忘れたのか？　ま、ちょいと外の風に吹かれに行こう」

「ああ……。少し飲み過ぎたらしい」

血を飲み過ぎて、「酔っ払い」状態になっているのである。

クロロックは、目を丸くしている充子の方へ、

「大丈夫。心配するなとみんなに言っといてくれ」

「はあ……」

クロロックは支配人を連れて外へ出た。

「朝の空気は気持ちいいぞ」

夜が明けてくる。――支配人は、大きく息を吸い込むと、そのままガクッと眠り込んでしまった。

「やれやれ」

と、クロロックは呟いて、

「エリカの方は大丈夫かな」

――エリカは、ぐっすり眠り込んだ佳代子をおぶって、家へ運んで帰るところであった……。

炎の中に

「今夜も？」

エリカが言った。

「上映するとも」

クロロックは肯《うなず》いた。

映画館の中に明かりがつき、扉が開いた。

が、自動扉というわけでもないのに、扉は勝手に開いたのである。

「客が入ると危ない。その前にかたをつけなければ」

クロロックは暗くなってきた空を見上げて、

「日が沈んだな」

「二人は大丈夫？」

「真夜中にならねば大丈夫だ」

クロロックは、マントを翻《ひるがえ》し、映画館の中へと入っていった。

「いらっしゃいませ」

と、声がして、山代《やましろ》が立っていた。

しかし、いやに老《ふ》け込んで見える。

「何の用か分かっているだろう」

と、クロロックは言った。

「もちろん……。残念です」

山代は映画館の中を見回して、

「ここは夢を見られる数少ない場所だったのに……」

と言った。

「支配人を殺すところだったぞ」

「ああ……。悪い人じゃなかったんですけどね」

と、山代は肯いた。

「だけど——あの人がいたんじゃ、どうしてもここを閉めることになる」

「お前は、あの悪魔と手を結んだのだな」

「そうです。——ま、目的のためなら、手段を選びませんよ」

「とはいえ、あんな奴と——」

「しかし、初めはね、映画から抜け出してきたんで、単なる『キャラクター』かと思ってたんです。まさか、本物の吸血鬼だなんて……」

「奴はどこだ」

「フィルムと一緒に送り出してしまいましたよ」

「何だと？」

「今ごろは――故郷への旅の途中でしょう」

クロロックはため息をついた。

「お前には可哀そうだが、ここはもうおしまいだ」

「分かっています」

フラッと山代が客席の方へ入っていくと、一番前まで歩いていき、振り向いた。

「ここに映画館があったってこと――。そんなことも、じきに忘れられていくんでしょうね」

山代が手にマッチを持って、シュッとすると、小さな火を白いスクリーンの方へ寄せた。

「――お父さん」

と、エリカが進み出ようとしたが、

「いいのだ。放っておけ」

と、クロロックが止める。

スクリーンに火が移った。白い布がメラメラと燃え上がり、その炎が両サイドのカーテンにも移っていく。

「でも、人の手で取り壊されるより、自分の手でこうして幕を下ろせて良かった」

山代はそう言って、息をついた。

すると——山代の体が足下から燃え始めたのだ。まるで布でできた人形か何かのように。

そして少しも苦しむ様子もなく、山代の姿はたちまち炎に包まれていった。

「——行こう」

クロロックが促す。

二人は、火の手が広がる映画館を後にして、少し離れてから振り返った。

窓を破って炎がふき出す。——近所が騒ぎ始めて、

「一一九番しろ!」

と、声が飛んだ。

「あの男は……」

「山代は映画館そのものだったのだ」

と、クロロックは言った。

「主《ぬし》、みたいなもの?」

「まあ、古い映画館が、一つの人格を持ったというのかな。何とか、終わらせたくないという思いが、あの男の形をとって、現れたのだろう」

「そこへ、吸血鬼が」

「山代は、映画館を潰《つぶ》さないために、奴に頼ってしまった」

　クロロックは首を振って、

「あのヤクザ三人の血を得て、奴は力を蓄えた。支配人の血を、少しずつすすっているくらいだったのが、いきなり三人分丸ごとだ」

「どこへ行ったの？」

「あのフィルムに映し出されていた村へだろう」

　クロロックはため息をついて、

「放ってはおけん。村人が襲われることもあり得る。――八田佳代子《はったかよこ》を連れて、あの村へ行かねば。お前はどうする？」

　エリカは渋い顔で、

「単位とれなくなる……。留年したら、授業料払ってね」

「任せておけ。その代わり――私のこづかいの減らん範囲でだぞ」

　と、ケチなことを言っている。

「でも、のぞみさんが行かせるかな」

と、エリカが言った。

「ありゃ、なかなか怖そうだな」

クロロックにとって、「しっかり者の女の子」は恐ろしいのである。

映画館は、早くも炎に包まれていた。

暗くなってきた空に、火の粉が舞い上がる。

「――隣へ燃え移るよ！　消防車、間に合わない」

「見ておれ」

クロロックが両手を広げて、じっと前方へエネルギーを集中すると、燃えていた建物が突然崩れた。

ドドド……。足下を揺るがす音と共に、映画館は崩れ落ち、同時に炎は消えて、ただ白い煙を火山の爆発みたいに立ち上らせた。

「これでよい」

と、クロロックは肯いた。

「行こう」

近所の人たちが飛び出してくるのを後に、二人は八田佳代子の所へ向かった。

「――冗談じゃない！」

と、のぞみは怒って、

「そんな危ない所へ、お母さんをやれないわよ!」

やっぱり、という様子で、クロロックとエリカは顔を見合わせた。

「これは、君の母さんの決めることだ」

と、クロロックは言った。

「どうかな?」

佳代子は穏やかに話を聞いていたが、

「――のぞみ。お茶をお出しして」

「お母さん」

「早く」

「――はい」

のぞみは渋々立って行く。

佳代子は、少し間を置いて、

「許してやってください。私は確かに頼りなくて、あの子の方が親のようなものなんですの」

と言った。

「私に万一のことがあると、あの子は一人ぼっちになってしまいます。――クロロックさん」

佳代子はじっとクロロックを見つめて、

「私がもしあれにとりつかれて、元に戻れなくなったら、滅ぼしてください。あれと一緒に」

「それは……」

「約束してください。それを約束してくださったら、ご一緒に参ります」

「分かった」

と、クロロックが肯く。

「それと、そのときは、のぞみが一人になってしまいます。あの子のことを……」

「心配なく。私が引き受ける」

と、クロロックは言った。

「約束してくださいますね」

「約束する」

佳代子はホッと息をついて、

「分かりました」

と、微笑む。

「一緒に行ってくれるか」

「はい」

「すまん。エリカも同行して、あんたの身に間違いがないようにする」

「私も――一度あそこへ帰らねば、と思っていたんです。いえ、心の底で、帰りたかったのです。ずっと――あそこに忘れてきたものがあるような気がして」

そこへ、のぞみがお茶を運んできた。

「どうぞ。――お母さんが行くなら、私も行く」

「だめよ！　学校があるでしょ」

「お母さん。私のことは分かってるでしょ。言い出したら引かないよ」

と、のぞみは澄まして言うと、

「それとも、このクロロックさんに気があるの？」

「馬鹿言わないで」

と、佳代子が赤くなり、クロロックの方は青くなった。

むろん、涼子《りょうこ》にそんなことを聞かれたら、と思ったのである。

「じゃ、四人で行くってことね」

と、エリカは言った。

「いつ、発《た》ちます？」

と、佳代子が訊く。

「できるだけ早く。明日にしよう」

「結構です」

「じゃあ……。よろしく」

エリカが差し出した手を、のぞみはちょっと迷ってから握った。

――クロロックとエリカが八田家を出て、家へ向かいながら、

「お父さん」

「うむ？」

「あの子……。のぞみさんだけど」

「どうした？」

「今、握手したとき――何か感じた」

クロロックはしばらく黙っていたが、

「――すべてはあの村へ行けば明らかになるだろう」

と、やがて言うと、夜空を見上げた。

「佳代子さんにとっては辛《つら》い旅になるかもしれないね」

「人は、一度はそういう時間をくぐり抜けるものだ」

クロロックはそう言って、

「いかん！　晩飯に遅れると、涼子が怖い」

「急ごう！」

二人は夜の街を猛然と駆け出したのだった……。

〈忘れじの吸血鬼〉第2話

過去の眠る村

予感

山道を、妙な取り合わせの二人が息を切らしながら走っていた。

男と女、という点はともかく、男の方はもう五十歳になる警官で、いかにも重苦しい制服姿で、拳銃もさげているので余計に走りにくいのだろう。女はまだ二十代の半ば、ジーパンをはいた軽装だが、警官と同じくらい息を切らしているのは、普段の運動不足と少々太り気味のせいと一目で見当がつく。

「——少しゆっくり行こう」

と、警官が喘《あえ》ぎ喘ぎ、制帽を脱いで、

「死んじまう!」

「だって……村長さんが……」

とは言いながら、娘の方もホッとしているのが分かる。

「ああ、足が動かない!」

「おい、真由美《まゆみ》! 本当に……本当に村長さんは山へ上ってったんだな? 勘違いでした、なんて言ったら、しめ殺すぞ！」

「ひどい！　私が何で本間《ほんま》さんに嘘《うそ》つかにゃなんないのよ！」

と、くってかかる剣幕に、

「分かった分かった」

と、本間は顔をしかめて、

「しかし、村長さんは心臓が良くないんだろう？　よくこんな山道を……」

「だって、本当なんだもん！」

真由美は道の傍《かたわ》らの岩にデンと腰を据えると、

「本気にしないのなら、もう行かない！」

「何も嘘だなんて言っとらんだろ。——さ、そうすねんで歩いていこう。こっちの心臓が参っちまう」

真由美は渋々、本間について歩き出した。

道の片側は数十メートル落ち込んだ崖《がけ》で、下は谷川が岩をかんで白く泡立っている。

午後、まだそう遅い時間ではないのだが、深い谷間はもう黄昏《たそがれ》どきの色に染まっていた。

「——しかし、村長さんも、心臓がどうこう言っとる割にゃ元気だな。もう八十だぞ」

「ええ」

真由美は、本間の斜め後ろを歩きながら、チラッとこの村の「駐在さん」の方へ目をやった。

「食欲はあるのか」

「いつも昼は召し上がりませんけどね」

真由美は、村長宅で働くお手伝いさんである。

「でも、夜なんか、必ずご飯を三杯もおかわりされて」

「ほう！　大したもんだ」

と、本間は首を振った。

「ああ、やれやれ！　――その先を曲がれば墓地だな」

涼しいというより、十月の末である、この山村では肌寒いほどだが、本間も真由美も汗をかいていた。

「でも、どうしちゃったんだろ、村長さん。縁側に立って、山の方を眺めてたと思ったら、突然『山へ行く』とおっしゃって」

「どうして止めなかったんだ？」

真由美はちょっと詰まったが、

「――手が離せなかったんですよ、お掃除してて。まさか本当に……」

言いかけて、ためらい、

「でも、本間さん」

「うん？」

「どうしてこの村の墓地って、こんな山の上にあるの？　お墓参りだって大変じゃないですか」

今度は本間が詰まる番だ。

「ここじゃ話せん。今度ゆっくり話してやる」

「ゆっくり、って？　そんな長い話なんですか」

真由美は冗談のつもりで言ったのだが、本間はニコリともせず、

「うん……。長い長い話だ」

と、肯《うなず》いてみせたのだった。

二人は、やっと墓地の入り口の見える場所へやってきた。木立に囲まれたふしぎな場所である。

「——や、村長さん！」

と、本間が墓地から出てくる人影を見て、声を上げた。

そして、また足を速めて、

「どうなさったんです！　心配して追いかけてきました」

と駆け寄る。

和服にコートをはおり、杖《つえ》をついたその老人は、髪こそ真っ白でつやを失っているものの、真っ直ぐに背筋がのびて、「老いている」という印象はなかった。

「──本間君か。どうしたね」

「どうもこうも……。この真由美が駐在所へ駆け込んできて、『村長さんが山へ行っちゃった！』と大騒ぎするもんで」

真由美は、そう急ぐでもなくやってくると、

「だって、何も言わずに出られてしまうんですもの」

「そうか」

村長、川口徳治《かわぐちとくじ》は穏やかに笑った。

「それは悪かった。ちょっと心配なことがあったのでな」

「墓地にですか？」

「ああ……。縁側からこの山を眺めていると、ふと気付いた。急にこの辺りが暗い闇《やみ》にとざされるのに」

「闇？　雲でもかかったんですか」

「そうも見えたが──。気になって、いても立ってもいられなかったのだ」

杖を押さえる手に、知らず知らず力が入っている。先端が土にめり込んでいた。

「まあ、ご無事で何よりです。心臓の方は大丈夫ですか」

「ああ、私も気を付けているよ」

「しかし、足はご丈夫ですな！　私も参ってしまったのに」

川口村長は、真由美の方を見て、

「この子が運動をさせてくれるのでね。おかげで足腰が弱らんですむ」

「ほう！　役に立っとりますか、それでは」

「失礼ね」

と、真由美は本間をにらんでから、

「村長さん。戻ったら、今日はもう寝てくださいね」

と言った。

「いや、そうもしておられん」

川口は首を振ると、

「本間さん、村の主《おも》だった連中を集めてくれんか」

「は？　これからですか」

村の中、といっても、山間《やまあい》の村で、一軒ずつの家が離れている。村役場なりに集まれと言われても、そう簡単なことではない。

「うん。どうしても今日中に話し合っておきたいことがある」

川口の表情は真剣だった。

「村長さん……。何があったんですか？」

と、真由美が訊《き》くと、

「あったわけじゃない。これからあるのだ」

川口の口調には不安がにじんでいた。

「これから……。どうして分かるんですか？」

「おいで」

川口は杖を引き抜き、真由美たちを促して、墓地へと足を踏み入れた。

本間も真由美も、入った所で凍りついたように動けなくなる。

「――これは？」

本間の声は上ずっていた。

「何ごとです、これは？」

「誰がやったの、こんなこと？」

真由美の方は、ただ単純にびっくりしているだけだった。

墓地は、かなり広い。並んだ墓石はどれも古びて黒ずんでいるが――その墓石が一つ残らず倒れていた。

かなりの重さに違いない石が、様々な向きに倒れ、転がり落ち、中には真っ二つに折れているものもある。

並んだ墓石のすべてが倒れている。――それは異様な光景だった。

「誰だって、こんな馬鹿なことはせん」

と、川口は言った。

「一つ倒すだけでも、大変な力がいる。この全部を倒すには、何日もかかる。一人二人ではとてもやれまい。しかも、墓石の周りの柔らかい土に、足跡一つない」

「じゃあ……どうやって倒したの？」

「倒したのではない。石が自ら倒れたのだ」

川口はそう言って息をつくと、

「何か、とんでもないことが起こるぞ。――きっと、そうだ」

と、ひとり言のように呟《つぶや》いて、肯いた。

「とんでもないこと……」

と、本間がくり返し、

「それは何です？」

「分からんが……。この村に災いが近付いている。これはそのしるしだ」

杖の先が上がって、ゆっくりと墓地全体を扇《おうぎ》状に指し、

「だから、村の人たちに集まってもらうのだ。――さあ、山を下りよう」

川口が思いがけない速さで墓地を後にする。

本間と真由美は、あわてて村長の後を追っていったのだった。

不審な乗客

「たまには列車の旅もいいものだな」

と、フォン・クロロックは上機嫌である。

「エリカ。次の駅で駅弁を売ってたら、買ってくれ」

「お父さん」

神代《かみしろ》エリカはため息をついて、

「修学旅行じゃないんだよ」

それを聞いてクスッと笑ったのは、クロロック、エリカ父娘《おやこ》と同行している八田《はった》のぞみ。母の佳代子《かよこ》は、座席でウトウトしている。

「何がおかしいの？」

と、エリカが少々むくれると、

「エリカさんって、ずいぶん生真面目《きまじめ》なんだ、と思って。お父さんの方がやっぱり余裕あるね」

「大きなお世話」

と、エリカは窓の外へ目をやって、

「ずいぶん山奥なんだね」

——確かに、日本は山が多いというけれども、こんなに深くえぐれたような谷間を列車が通っている所があるのだ、と驚くようだった。

むろん、新幹線など走っているわけもなく、各駅停車ののんびりした旅。

だが、旅の目的は、そんな呑気《のんき》なものではない。八田佳代子が子供のころ、生まれ育った山間《やまあい》の村で何かにかまれた。その真相を探りに行くのである。

八田のぞみは強引についてきた十八歳のしっかり者。クロロックとエリカが「善良な吸血鬼」というのが今ひとつ信じられない様子だ。

「手洗ってくる」

と、のぞみは席を立った。

エリカは、ふとクロロックが深刻な表情になって外の風景を見やるのに気付いて、

「どうかした？」

と、小声で訊《き》く。

吸血鬼の血を引く二人、聴覚が人間の何倍も鋭いので、かすかな声で話ができる。

「この風景は——トランシルバニアに似ておる」

と、クロロックは言った。

「お父さんの故郷ね」

「うむ……。よく言うだろ。デ、デブ、ジャ、と」

「デブ？」

「初めての土地なのに、前に来たことがあるような気がする、そんな感じのことだ」

「――お父さん。それを言うならデジャ・ヴュ、だよ」

「似たようなものだ」

と、クロロックは平然としている。

「――心配だな」

「お前も不安か」

「私の心配はね、お母さんが〈出張〉が嘘《うそ》だって気付いたらさぞ怒るだろうってこと」

クロロックの妻、涼子《りょうこ》はエリカより一つ若い後妻。一子虎ノ介《とらのすけ》もいて、断然クロロックより強い。

女房の尻に敷かれる吸血鬼というのも珍しいだろう。――ま、クロロックも結構それを楽しんでいる風でもある。

八田佳代子がフッと目を開き、

「あ……。眠ってしまったんですね。どうしてこう眠いのかしら」

と、頭を振った。

「のぞみ、どこかしら？」

「今、手洗いに」

「そうですか……。まあ、凄《すご》い山の中」

と、佳代子は外を眺めて、

「漠然《ばくぜん》とですけど、憶えていますわ。あの村は、こんな山の中でした」

「お父さん。例のフィルムはもう村へ届いてるのかしら？」

「たぶんな。宛先がどこになっているか分からんが、日本の宅配便は優秀だ。全国どこへでも、三日もあれば届く。もう着いているだろうな」

列車が少しスピードを落とした。

——のぞみは、手を洗って、すぐ席へ戻るのもつまらないので、出入り口の辺りに立って、のんびりした揺れに身を任せながら扉の細長い窓の外を駆け抜けていく岩肌を眺めていた。

すると——。

「もしもし！　——もしもし！　聞こえますか？　——もしもし！」

男の声だ。

覗《のぞ》いてみると、背広姿の若い男がデッキへ出て、携帯電話をかけていた。

こんな山の中じゃ、通じにくいだろう。

「——ええ、そうです。——いや、分かりませんが……。もしもし？　——あ、そうです。何とかしてフィルムは見付けますから」

フィルムという言葉に、のぞみはハッとした。むろん、普通のカメラのフィルムのことかもしれないが。

「——はあ、またご連絡を——。もしもし？　——畜生！」

切れてしまったらしい。男はいまいましげに携帯電話をポケットへ入れ、ふと気配に気付いたのか、のぞみの方を振り向いた。

「こんにちは」

と、のぞみは平気な顔で言ったが、男の方はギクリとした様子で、あわてて向こうの車両へ戻っていってしまった。

「何だろ？」

首をかしげつつ、のぞみは席へ戻った。

「のぞみ、大丈夫？」

「大丈夫よ。どうして？」

「何でもないの」

母がひどく怯《おび》えている。——のぞみにはそれが分かった。

のぞみは、本当のところこの旅など気のりしなかったのだ。せっかく自分と母と二人、平穏に暮らしていて楽しかったのに、この妙な親子のせいですっかり引っかき回されてしまった。

こんな山の中に、一体何があるというんだろう?

のぞみは、突然寒気を覚えて身震いした。

「どうしたの? 寒い?」

と、佳代子が訊く。

「大丈夫。何でもないよ」

と、のぞみはわざと大きな声を出した。

のぞみは、風邪でもひいたのかな、と思った。こんな寒気を感じることなんて、初めてのようだった。

「——あなた、また出かけるの?」

と、邦子《くにこ》は、夫があわただしく電話をかけまくって、一息つくのを待って言った。

「ああ。村長さんのお宅へ何人か集まるんだ」

本間《ほんま》は肯いて、

「晩飯、とっといてくれ。少し遅くなるかもしれん」

「ええ。温めるだけにしとくから」

駐在所に暮らしている本間と邦子は十歳違いの夫婦である。本間がしっかり五十男の顔つきになっているのに比べ、邦子は四十にしても若く見え、ふっくらとして色白である。

知らない人が見たら、父と娘に見えるかもしれない。

「何か問題でもあったの？」

「よく分からん」

と、本間は逃げた。

「もう暗くなるな。じゃ、出てくる」

と、本間は出かけようとして、上がり口に置かれた木箱につまずいてしまった。

「いてて！　――何だ、これ？」

「あ、忘れてたわ。荷物なの、宅配の。トラックの人がね、困っちゃって置いていったのよ」

「困った？　どうしてだ」

「宛名の人がいないの。確かにね、今この村に〈八田〉って家はないものね」

「八田？」

「ええ。――あなた、知ってる？」

本間は、眉《まゆ》を寄せて、

「八田……。八田……」

と、何度もくり返し呟《つぶや》くと、

「聞いたことがあるような気もするが……。よく憶えとらんな」

「ともかく、くさるものでもないから、一応ここで預かることにしちゃったの」

「受取人がいなかったらどうするんだ」

と、本間は苦笑して、

「何なんだ、中は？」

「フィルムって書いてあるわ」

「フィルム？」

「映画のね。——ほら、去年、ここへロケに来たでしょう」

「ああ、あの安っぽい映画のか」

「そのフィルムらしいわ。重いのよ、結構」

「じゃ、後で中を確かめてみよう。——行ってくる」

「気を付けてね」

邦子は、夫を送り出して、もう外が暗くなりかけているのを見てびっくりした。

「早いわねえ、暗くなるのが……」

という言葉はもう夫の耳には届かない。

邦子は、冷たい風にちょっと身震いして、駐在所の中へと戻った。

本間は五十といっても体は丈夫で、食事もよく食べる。ご飯はたっぷり炊いておかないと足りなくなることさえあった。

夕食の仕度をしながら、村長さんのお宅に集まるって……。珍しいわ」

「何なのかしら、村長さんのお宅に集まるって……。珍しいわ」

と、ひとり言を言った。

邦子にとって、こんな風にひとり言を言うのはくせみたいなものだ。正直なところ、同じ年代の話し相手がいない寂しさのせいもあったかもしれない。

この小さな村には、もうほとんど若い人がいない。若者が都会へ行きたがるのは当然のことで、それは単に「都会に憧《あこが》れる」というだけでなく、現実問題として、都会へ出ないことには、仕事が見付からないからだった。

そんな中で、邦子は病身の父親と二人きりで暮らしていたので、村を出るわけにもいかなかった。その父が死んだのが、邦子の三十のとき。

長い看病で疲れはてていた邦子には、都会へ出ていくだけの元気も残っていなかった。

村長の川口《かわぐち》が、そんな邦子に本間との結婚をすすめ、邦子も特に拒む理由もなく、一緒になった。

でも――今になって、邦子はときどき考える。もし、あのとき断っていたら。一年か二年のうちには、都会へ出ていっていただろう。そして今とは全く違う暮らしが待っていたことだろう……。

夫はやさしいし、気もつかってくれる。しかし、それこそ「映画のロケ」には来ても、映画館なんか一つもない村で過ごす日々は、とんでもなく長いものに、邦子には思えた。

――メリメリ。

木の裂けるような音に、ふと邦子は我に返った。

何だろう？　手を拭《ふ》いて、玄関の方へ行ってみたが、誰もいない。――古い造りなので、きっと冷え込んできたせいでどこかがきしんだのだろう。

そう珍しいことでもない。邦子は台所へ戻ると、水道の蛇口をひねった。

水音が耳を包んで、他の音を届かなくさせる。

フィルムを入れた木箱の蓋《ふた》がゆっくりとめくれ上がってきた。板が裂け、打ちつけた釘がはじけ飛んだ。

邦子は水を止めた。あとは鍋を火にかけるだけだ。

ガスレンジの点火が少し悪くなっている。カチッ、カチッと三回やって、やっと火が点《つ》いた。そっと鍋をかけて、これで十五分くらいはかかる。

ホッとした邦子は、足に何かが触れるのを感じて、見下ろした。

一瞬、幻を見ているのかと思った。フィルムが、まるで蛇のように身をくねらせながら足首に巻きついている。

「何よ、これ！」

振り離そうとしても、とても無理だった。身をかがめて、フィルムを引っ張ろうと手を出したとき、フィルムは目にも止まらぬ素早さで、邦子の手首へ巻きついた。

声を上げる間もない。邦子は足を取られて倒れた。

フィルムが、恐怖に歪《ゆが》んだ邦子の顔の上でからかうように踊った。そして、白い首へとスルスルと巻きついていった。

攻撃

「N村だって？」

タクシーの運転手は、顔をしかめた。

「そりゃ知ってるけどさ。あんな所へ何の用なんだ？」

列車を降りたクロロックたち、さびれた駅前のタクシーに、N村まで乗せてもらおうと頼んだのだが、

「今からあんな所へ行って、戻りに客なんか拾えやしないよ。それじゃ商売上がったりだからね」

と、いやがっている。

「まあ、そんなことを言わんで」

と、クロロックは中を覗《のぞ》き込むようにして、

「君は真面目《まじめ》な運転手だ。乗車拒否などしたくないだろう？」

「俺はね――」

運転手が言い返そうとしてクロロックと目を合わせると、目をちょっとパチクリさせて、

「――いや、その通り！　お客様のためなら、たとえ百メートルでもいやとは言わないのが、本当の運転手ってもんですよ」

さっさと車から出て、

「さ、お荷物を。――トランクへ入れますから！　いや、私に運ばせてください！　これこそ私の生きがいです！」

八田佳代子《はったかよこ》とのぞみは、呆気《あっけ》に取られている。むろん、クロロックが催眠術をかけたのだが、二人はそんなこととは思ってもいないのである。

「では、行こう」

と、クロロックは言った。

「もう暗くなるね」

と、エリカが空を見上げる。

「村へ着いたら、真っ暗だろう」

クロロックが助手席に乗り、エリカと八田母娘《おやこ》は後ろの席に並んだ。

タクシーは、ほとんど他に車の姿も見えない山道を辿《たど》り始めた。

「――どれくらいかかるんだろ？」

と、のぞみが言うと、

「そうね。一時間以上はあると思う」

と、佳代子が言って、窓の外を眺めた。

「——妙だわ」

「どうしたの、お母さん？」

「村を出たのは、もう三十年以上も前なのに、何となくこの風景を憶えているような気がするの」

のぞみは心配そうに母を見て、それからエリカの方へチラッと目をやった。

エリカにも、のぞみの言いたいことは分かっている。

「お母さんに何かあったら、あんたたちのせいよ！」

というわけだ。

十分も走るうちに、すっかり夜になった。車のライトに、曲がりくねった山道が浮かび上がる。

そうスピードも上げられないので、かなり時間はかかりそうだった。

「——のぞみ。どうかしたの？」

佳代子は、娘が辛《つら》そうに目をつぶって、指でこめかみを強く押しているのに気付いた。

「頭が痛い」

と、のぞみは言った。

「まあ。風邪《かぜ》かしら？」

「痛い……。尖《とが》った物でつつかれてるみたい！　――こんなこと、初めて！」

のぞみが前かがみになって、呻《うめ》いた。

これはただごとではない。

「お父さん！」

と、エリカが呼びかけると、

「待て」

と、クロロックが鋭い口調で言った。

「どうしたの？」

「何か来るぞ」

「え？」

「向こうから……。何かが向かってくる」

山道が大きくくねる。タクシーがカーブを曲がったとき、エリカは目を疑った。

目の前に大型トラックが浮かび上がった。しかも、ライトも点《つ》けず、真っ直ぐこっちへ向かってきた。

「エリカ！」

クロロックが叫んだ。

「お父さん、危ない！」

タクシーの窓ガラスが吹き飛んだ。クロロックの「力」が割ったのだ。しかし、今まさにのしかかってくるように迫るトラックを止めている余裕はなかった。

「飛び出せ！」

と、クロロックが怒鳴る。

次の瞬間――。トラックはタクシーを真正面からかみ砕いた。

そしてトラックもハンドルを取られたのか、タクシーを巻き込むようにして、片側の崖《がけ》から落ちていったのだ。

暗い、静かな夜の中に、激しい火花と破壊音、そしてそれが深い夜の底へ消えていくと、やがて大きな音と共に炎が夜を明るく染めて湧き上がった。


パタッとスプーンが落ちた。

「――虎《とら》ちゃん、どうしたの？」

「ワア」

と、虎ちゃんは両手を大きく振り回した。

「まあ、どうしたのよ？」

と、涼子《りょうこ》は目を丸くした。

「そんなにまずかった？　いつもと同じ味でしょ？」

食欲旺盛な虎ちゃんが「食べたくない」というのだから、これはよほどのことだ。

涼子は虎ちゃんのおでこに手を当てて自分と比べてみたが、

「――私の方が熱いわ！　どうしよう！　私、病気なのかしら」

と、悩み始めた。

そこへ電話が鳴った。

「パパからかな？　待っててね」

と、駆けていって出ると、

「――もしもし、クロロックさんのお宅ですか」

と、若い女の声。

「そうですけど」

「奥さんですね。実はちょっとお知らせしたいことがありまして」

「何でしょう」

「ご主人はお出かけですね」

「出張中ですが」

「出張じゃありません」

「は？」

「女と旅行してるんです」

「——何ですって？」

「それも、女を三人も連れて。いや、きっと今ごろはお楽しみの最中でしょう」

涼子の顔が一変した。角が生えてこないのがふしぎだ。

「主人はどこにいるんです！」

「N村へ向かわれました」

と女は言った。

「もし、おいでになるのなら、ご案内しますけど」

「そこ、遠いんですか？」

「車だとかなりかかりますね。列車を乗り継いで、丸一日は……」

「一カ月以内に着く所なら、どこへでも行きます！」

と、涼子は言った……。

——電話を切ると、涼子は我が子の所へ戻った。

「虎ちゃん！　あなたも何か感じたのね」

「ワア」

「一緒に行くのよ。そして、パパの足に思いっ切りかみついてやりなさい！」

「ワア！」

虎ちゃんは、どうやら大いに喜んでいる様子であった。

「いやだわ」

と、真由美《まゆみ》は言った。

「お前も、妙な話でびっくりしたろう」

と、本間《ほんま》は笑って、

「馬鹿げてると思うかもしれんが、少なくとも昔、この村で何かが起ったことは事実なんだ。俺も若かった――というか、まだガキの時分だったが、村中が大騒ぎしてたことは憶えてる」

「でも――吸血鬼だなんて、今どき」

と、真由美は首を振って、

「じゃ、もう村長さんのとこに戻ります。夕ご飯の仕度しないと」

村人たちの集まりがすんで、真由美は本間について雑貨屋までやってきていたのである。

「ああ、村長さんに気を付けてくれよ。何といっても年齢《とし》だからな」

「まだまだ元気ですよ」

と、真由美は言って笑った。

「じゃ、ここで」

「暗いから、気を付けて行け」

と、本間は軽く手を振った。

真由美が古ぼけた自転車をガタゴトこいでいく。弱い明かりが頼りなく左右へフラフラと揺れた。

本間には、村長の心配がよく分かったとは言えなかった。もう五十とはいえ、今日村長宅に集まった村人たちの中では若い方だ。

自分が十代だったころ。この村で何かがあった。

そう。——女の子がどうしたとか……。

あの女の子は何といったか……。

「——ただいま」

と、上がりかけて、本間はあの木箱が開いているのに気付いた。

「どうしたんだ?」

と、いぶかしげに呟《つぶや》いたのは、箱がほとんどバラバラの状態に近かったからで、中を覗《のぞ》くと、フィルムの入っていた金属の缶が入っているだけ。中のフィルムはどこへ行ったのか、見当たらなかった。

「——邦子《くにこ》。おい、どこだ？」

本間は声をかけたが、返事はなく、邦子の姿は見えなかった。どこかへ出かけたのだろうか？　しかし、こんな時間に？

ちょっと気にはなったが、疲れてもいたので、とりあえず着替えようとして、コトコト音がしているのに気付く。

鍋だ！　ガスの火にかけたままである。あわてて火を止め、蓋《ふた》を取ろうとして、

「あちっ！」

と、飛び上がる。

鍋はほとんど水気がなくなり、焦《こ》げつく寸前だった。

本間は不安になった。——これはただごとじゃない。

急いで玄関へ出て、立ちすくむ。

「——邦子」

そこに、邦子は立っていた。しかし、様子は普通ではなかった。

服はぼろぼろに破れ、あちこち傷だらけのようで、血がにじんでいる。そして、裸足《はだし》の足も、痛々しいばかりに傷ついている。

「どうしたんだ！　——さ、こっちへ」

本間は、邦子を抱きかかえるようにして上げると、

「どうしたっていうんだ！　このなりは……。邦子、聞こえるか？」

邦子は、ただ呆然として放心状態。夫の声も聞こえているのかどうか、畳にペタッと座ったまま、目も虚《うつ》ろに宙を見つめている。

「邦子……」

本間は、何とか冷静になろうとした。——この様子は、まるで——認めたくはなかったが——何人もの男に乱暴されたようだ。

しかし……まさか、この村でそんなことが？

すると、突然、邦子が言った。

「フィルム……」

「何だって？」

「フィルムが……。フィルムが……」

と、くり返すと、邦子はそのまま意識を失って倒れてしまった。

同行者

エリカは、ゆっくりと体を動かした。

どうやら、生きてはいるらしい。——目を開けると、薄暗い中にぼんやりと人の顔らしきものが見え、

「——お父さん？」

と、低い声で言った。

「おお、目を覚ましたか」

クロロックがホッと息をついた。

「ずっと寝坊するつもりかと思ったぞ」

「学校へ行くわけじゃないよ。——いたた」

と、起き上がろうとして顔をしかめる。

「どうした？　痛むか」

「少しね……。でも、大丈夫。折れちゃいないと思う」

と、エリカは言った。

「ここは？」

ともかく、闇《やみ》に目のきく吸血鬼でもよく見えないほど辺りは暗い。

「山の中だ。こっちも大分マントがひどい状態になったが、まあ命さえあればな」

「寒いね。——あの二人は？」

エリカは、気が重かったが、訊《き》かないわけにもいかなかった。

「うむ……。あまりに突然だった」

と、クロロックは重苦しい口調で、

「お前を窓から放り出して自分が飛び出すので精一杯だった」

「じゃあ……二人とも？」

「トラックと車、二台とも深い谷間へ落ちていった。おそらく助かるまい」

エリカはため息をついた。

のぞみのような若い子を死なせてしまうなんて！　——とっさのことだったとはいえ、何とか助けられなかったか、と悔やまれる。

「お父さん、あのトラックは……」

「あれはただの事故ではない。我々を待ち受けていたのだ。——おそらく、トラックを運転していた人間を思いのままに操って、ライトも点《つ》けずに出くわすように仕向けたのだろう」

「ということは、敵が待っていたってことね、私たちが着くのを」

「そういうことになる。――こうなったら、ともかく村へ行かねばならんな」

「歩く？　朝までに着くかな」

「方向さえ間違えなければ、行けるだろう」

と、クロロックが肯《うなず》いた。

「歩けるか？」

「うん、大丈夫」

エリカはしっかりと肯いた。

二人は、林の中へ入っていたので、急な坂を下りて、道路へ出た。

タクシーとトラックが落ちた場所は、道の端が削られたようになって、その下を覗《のぞ》き込んでも、ただ深い闇があるばかりだった。

「――恨まれちゃうなあ、きっと」

と、エリカはため息をついて、

「あの、のぞみって子、大体気が進まないみたいだったものね」

「うむ……。胸が痛む。しかし、こうしていても仕方ない。村へ行こう」

と、クロロックが促す。

「うん……」

エリカとクロロックは、歩き出した。そして少し行くと——。

「本当にもう！　いい加減なんだから！」

と……。

「——お父さん」

「うん」

「今の、お化けの声？」

「しかし、私にも聞こえたぞ」

「でも……どこから？」

二人は急いであの崖《がけ》の上に戻った。

「ちょっと！」

と、下からのぞみの声がした。

「助けてよ！　放ってくつもり！」

エリカとクロロックは顔を見合わせた。

「待ってろ！」

と、クロロックは大声で言うと、

「エリカ、見えるか？」

暗がりの中、じっと目をこらすと、やがて暗い岩肌にうずくまるようにしているのぞみと佳代子《かよこ》の姿が見えた。

「――良かった！　今行く！」

と、エリカが叫ぶと、

「早くしてよ、寒いんだから」

と、のぞみが言い返した。

「可愛くない奴！」

と、思わずエリカは呟《つぶや》いたのだった。

クロロックはスルスルと岩の間を下りていき、のぞみと佳代子のいる場所までやってくると、

「よく無事だった！　さ、私につかまりなさい」

「お母さん、気を失ってるの。先に運び上げて」

のぞみは落ちついたものである。

クロロックは、まず佳代子を、それからのぞみを背中におぶって上った。

「――しかし、よく助かったな」

と、クロロックが言うと、

「守ってくれるはずじゃなかったの？　無責任なんだから！」

と、のぞみは怒っている。

「のぞみ……」

「お母さん！　気が付いた？」

「少し前からね。でも――クロロックさんに怒っても仕方ないわよ。これはお母さん自身のことなの。分かる？」

「だけど……」

「どうしてもけりをつけなきゃ。――私たちに、村へ戻ってほしくない誰かがいるのよ。私が戻って、何とかしなくては、村がきっとひどい目にあうわ」

のぞみはむくれていたが、母の気のすむようにするしかないと分かってはいるらしい。

「でも、どうやってタクシーから抜け出したの？」

と、エリカが訊くと、

「私もよく分かんない」

と、のぞみは肩をすくめて、

「ともかく――落ちる、と思って、何とかしなきゃって……。頭の中に一瞬思い描いたの。落ちていくタクシーの窓から自分が飛び出し、お母さんの手を引っ張って、崖の岩の出っ張りにしがみつくところを。でも、映画やマンガじゃあるまいし、そんなこと、できっこないな、とも思ってたのね。そしたら……。本当に岩のくぼみに自分がお母さんをしっかり捕まえてしゃがみ込んでたのよ」

クロロックは肯いて、

「親子の愛とは大したものだ」

と言って立ち上がった。

「お父さん――」

「うむ。分かっとる」

――エリカにも分かっている。

のぞみは「並の人間でない」素質を持っているのだ。

それを本人は意識しないで暮らしてきた。しかし、母と自分が死に直面したときにな
って、のぞみは自分でも知らずにその隠された力を発揮していたのである。

それは凄《すご》いことに違いないが、同時にのぞみにとっては「宿命」でもある。

その力は恐らく、母親の方から受け継いだもので、佳代子は自分の中にそういう素質
があったことに気付いていない。

おそらく、佳代子が子供のころ――何かにかまれたとき、その素質は彼女の中に宿っ
たのである。

「車だ」

と、クロロックが言って、用心深く、

「離れなさい。私が停める。乗せてもらえば大分楽だろう」

「でも、お父さん、また妙な奴かも……」

「大丈夫。あれは普通の車だ」

車のライトが見えてきた。そしてその車はクロロックたちの少し手前で停まると、

「やあ、こんな所で何してるんです？」

と、ドアが開いて、男が降りてきた。

「あ、あの人、列車にいた」

と、のぞみが言った。

列車で電話をかけていた男である。

「あ、君か。――N村へ行くんですね」

「君は何者かね」

「申し遅れました」

男は背広のポケットから名刺を取り出して、

「こういう者です」

エリカが覗き込むと、〈R映画配給（株）営業部　有田武史《ありたたけし》〉とある。

「〈R映画〉って、あの〈吸血鬼のたそがれ〉を配給したとこだ。そうでしょ？」

と、エリカが訊く。

「ええ。あのひどい映画の配給元です。それに、少し出資もしておりまして」

見たところ、二十七、八の若さ。

「あなたもN村へ？」

「そうです。仕事でして」

「何だね、仕事というのは？」

「〈吸血鬼のたそがれ〉のフィルムです。あれは上映がすんだら、こっちへ戻してもらわないといけないんですよ。ところが、映画館からN村へ送られてしまったと分かって、社長がカンカンに怒りまして。取り戻してこい、というわけです」

「なるほど。それでN村へ？　しかし、あのフィルムは少々特別だ。諦《あきら》めて帰った方がいいんじゃないか？」

「そうはいきません！　たとえ何があっても、フィルムを持って帰らないとクビです」

死ぬよりましでしょ、とエリカは思ったが、ここは車に便乗した方が楽だ。

「じゃ、少し窮屈でしょうけど、車へ乗ってください。N村までどうせ一緒だ」

と、有田という男は明るく言って、

「ところで、皆さん、どうやってここまで来たんですか？」

「タクシーが、ちょっと事故でな」

と、クロロックは言った。

そうだ。運転手は気の毒なことした。エリカはすっかり忘れていて、焦《あせ》って手を合わせた。

「――六人乗ると狭いですが」

「六人？」

と、エリカは車の方へ目をやって、もう一人、車に乗っているのに気付いた。

「おお、何だ」

クロロックは目を丸くして、

「あんたは――」

「あのときはどうも」

と、その女は顔を出して、

「広中充子《ひろなかみつこ》といいます」

「あの映画館の支配人が入院していた病院の看護婦だったな。――どうしてこんな所へ？」

「あの後、あの方は大分回復されたんですけど、私、凄く吸血鬼のこととか興味があって。――映画館の崩れた跡を見に行って、この有田さんと知り合ったんです」

「ついてきちゃったんですよ」

と、有田が笑っている。

「まあ、皆さん、けがして！　手当てしますわ！」

広中充子は、何と救急箱を取り出したのである。

「――ありがたい」

クロロックは何か考え込んで、

「二人も味方がふえた。私たちを向こうが殺そうとしたということは、このまま村へ入れば危ないかもしれんということだ。ひとつ、計画を練ろう」

「殺そうとした？」

有田が目を丸くする。

「何の話です？」

「だから私が言ったでしょ。吸血鬼の話はね、本当なのよ」

と、広中充子が有田をつつく。

その様子では、恋人同士になっているらしい。

「たとえ吸血鬼だろうとゴジラだろうと、フィルムを取り戻さなきゃいけないんだ」

エリカも、この有田という男には感心した。仕事熱心というのか何というのか……。

「村は今、どうなってるのかしら」

と、佳代子が言った。

「お母さんたら、呑気《のんき》なんだから！　これから行ったら、殺されるかもしれないんだよ」

「私だけが死んですめばいいわ」

と、佳代子が真顔で娘を見て、

「そうなったら、あんた一人でも生きていけるわね?」

言い返そうとして、のぞみは母の厳しい目に出合うと、

「うん」

とだけ、返事をした。

「他に犠牲者が出ないといいが……」

クロロックは腕組みをして、

「——大分遅くなった。相手はもうフィルムから脱け出している。村の中で何か起きているかもしれんな」

「じゃ、急ぎましょう」

「あんたの住んでいた家はどうなっている?」

「さあ……。たぶん、住む人がなくて廃屋《はいおく》になっているでしょう。そうでなくても、若い人が出て、空き家がふえていると聞いたことがありますから」

「村のどの辺にあったか、憶えているかね」

「はい。こっちから行くと、一番初めに出合う家でした。村の外れだったんです」

「よし、そこへ行ってみよう。村の様子が全く分からんのでは、夜の間に村へ入るのは危険すぎる」

クロロックたちは、かなり無理をして有田の借りたレンタカーに乗り込むと、N村へ曲がりくねった山道を再び辿《たど》り始めた……。

映写機

村長の川口《かわぐち》は、いつになく神経質になっているようだった。

「――何の音だ?」

と、頭を上げる。

「はあ……」

寝ぼけた声を出したのは、お手伝いの真由美《まゆみ》。

「今、玄関の方で音がした」

川口は、真由美をつついて、

「見てこい。誰か忍び込もうとしてるのかもしれん」

「まさか……。風のせいですよ」

と、真由美は、ウーンと唸《うな》って布団を頭からかぶる。

「おい! 見てきてくれ。――な、頼む。何か買ってやるから」

真由美がムクッと起き上がり、

「本当に？」

「現金な奴だ」

「現金でもいいですよ」

真由美はパジャマ姿でベッドから出た。

真由美は、毎夜川口のベッドで眠っている。――時々は川口に「運動させる」効果もあるのである。

村長宅はやはり村の中でも一番大きな邸宅で、そこに今は川口と真由美、二人で暮らしているわけだ。広過ぎるので、普段使う部屋だけ除いて、後は閉めっ切りになっている。

「――誰もいないじゃない」

と、玄関まで出て、真由美は肩をすくめた。

大体こんな家へ盗みに入ったって、広い割にはガランとして、がっかりするだけだろう。

そう。村長さん、あの変な「吸血鬼」がどうとかいう話を信じてて、それでピリピリしてるんだわ。

馬鹿らしい！　この現代に吸血鬼と来るからね。

真由美は、部屋へ戻ろうとした。

今は、川口が多少足の不自由なせいもあって、一階だけを使っている。二階へは上がることもほとんどなかったのだが……。

階段の下を通りかかった真由美は、ふと二階の方から人の声らしいものが聞こえて足を止めた。

誰かいる？　でも……。

階段の上の方から、わずかではあるが明かりが洩《も》れている。

「――誰なの？」

と、声をかけてから、少し怖かったが、階段を上がっていった。

階段がキイキイときしむ。

一部屋、障子の向こうが明るい。――しかし、その明るさは電球が点《つ》いているというのとは違っていて、もっと弱い光がチラチラと揺れている感じだ。

何だろう？

真由美は思い切って、ガラッと障子を開けた。

明かりは――映写機のものだった。

カタカタと音をたてて、映写機のフィルムが回っていた。そしてレンズを通った光は奥の襖《ふすま》に映像を映し出していたのだ。

「これって……」

見たことがある。——この村でロケした、あの〈吸血鬼のたそがれ〉とかいう、安っぽい映画である。

この村に映画館などないので、真由美は休みの日、町まで出て見たことがあった。それほどのことまでして見る映画じゃなかったけれど、見憶えのある風景が出てくると面白かった。

でも、誰がこんなものをセットしたんだろう？

真由美は、映し出される画面を眺めていた。

これは村の通りだ。——あそこの先が駐在所で……。

その場面には見憶えがあった。しかし……。

「——どうして？」

と、思わず言ってしまった。

画面に、本間《ほんま》が現れたのだ。本間だけではない。妻の邦子《くにこ》も一緒だ。画面の中を、手前へ向かって歩いてくる。

こんな場面、あった？

しかも妙なのは、二人が真っ直ぐカメラの方を見ていることで、その視線はまるでスクリーンを通して、真由美を見ているようだった。

「やあ、真由美」

何と、画面の中の本間が、話しかけてきた。

夢を見ているのか?

「ここは居心地がいいよ。こっちへおいで。仲良くしよう」

本間が手招きする。邦子も微笑んで、

「本当よ。こっちには楽しいことがいくらもあるわ。あなたもいらっしゃいよ」

と呼びかけてくる。

どういうこと? ——それに本間も邦子も、いつも見ているのとどこか様子が違う。目つきが普通じゃなかった。カメラにどんどん近付いてくると、その血走った目がクローズアップされて、真由美はゾッとした。

「——おいで」

本間が手招きする。その目……。

真由美はなぜか頭がボーッとしてきた。いつの間にか、画面へと向かってフラフラと近寄っていった。

「そうだ……。みんなが待ってるよ」

と、本間が肯《うなず》く。

「みんな……」

「おいで。この中へ入っておいで」

真由美は、画面に向かって手をのばした。

そのとき、

「よせ！」

鋭い声と共に、真由美はえり首をつかまれ、引き戻されて尻もちをついた。

「村長さん！」

「お前もやられるぞ！」

川口は杖《つえ》をついていたが、それを振り上げると、映写機のレンズの部分を叩き壊した。

画面が歪《ゆが》み、フィルムの動きが止まった。

「——村長さん」

真由美は青くなっていた。

「今のって……」

「お前はこのフィルムの中へ取り込まれるところだった」

「本間さんと奥さんが——」

「あの二人はもうやられたのだ。仕方ない。今さらどうすることもできん」

「どういうことですか？」

「聞いたろう。吸血鬼だ。あいつが、このフィルムと共に戻ってきたのだ」

川口は真由美を促《うなが》すと、

「下へ行こう。そばにいるだけでいやな気分だ」

「はい……」

真由美は、川口を支えながら階段を下りた。今さらのように冷や汗が流れる。

「あれって……」

「何も考えるな。考えてもむだだ。ただ、あいつから逃げることを考えなくちゃならん」

と、川口は言った。

真由美も、たった今、自分自身があんな思いをしなければ、こんな話を信じる気にならなかっただろう。

「──今、何時だ」

と、川口は訊《き》いた。

「じき……夜が明けるころです」

「そうか。朝になったら、この村を出ていこう。──本間がやられているということは、あいつを防ぐ手だてがないということだ」

川口は、少し落ちついた様子で息をつくと、

「真由美、着るものを持ってきてくれ。お前もだ。外は寒いぞ。パジャマの上にセーターとコートでもあった方がいい」

「はい」

　真由美は、急いで寝室へ駆けていった。

　川口は玄関近くに柱にもたれて立っていたが、何度も階段の方を見やった。

　今のところ静かで、追いかけてくる様子もない。川口は心臓が危険なほど速く打っているのを感じた。

　こんな所で――こんなことで死んでたまるか！　せっかくあいつの手から逃れようというのに……。

「真由美！　――早くしろ！」

と、苛立《いらだ》って声をかける。

「すみません」

　真由美がコートをはおって、手に川口のコートを持ち、やってくる。

「急ぐんだ！　――さあ、この家の外へ出よう」

　川口は、急いでコートをはおると、玄関へ下りた。

　外は、フッと身のひきしまる冷たさで、まだ朝の気配はない。

「少し時間があるな。村の方は大丈夫かな。ともかく行ってみよう。――おい、真由美、行くぞ」

「はい」

川口は、杖をついてはいるが、ほとんど足の不自由さも忘れていた。道へ出ると、村の中心部——といっても、やや家が固まっていて、店がいくつかある、というだけだが——の方へ歩き出した。

「——真由美、どうした？」

と、気付いて振り向く。

真由美が、ついてきていない。道へ出た所で立ち止まっているのだ。

「怖くて歩けないんです」

「何だ。——さあ、手を引いてやる」

川口が苦笑して、戻っていくと、手をのばした。そのとき、道の反対側に、車のライトが見えたのである。

「——車だ！　奇跡だ！」

川口は、大きく手を振った。

「あれに乗せてもらえば、村を出られるぞ！」

「いいえ」

と、真由美が言った。

「決して出られはしませんわ」

その口調にハッと振り向くと、真由美は別人のように冷ややかな笑みを浮かべて立っていた。

「お前――」

「もう少しだったのに！」

川口は、玄関から長く一本の帯がのびて、真由美の首に巻きついているのを見た。

――帯ではない！　フィルムだ！

川口は逃げようとした。真由美が背後から飛びかかり、二人はもつれ合って倒れた。

シュルシュルと音をたててフィルムがのびてきた。川口はその先端が自分の首を狙《ねら》っているのを見て、とっさに杖を目の前へ突き出した。フィルムが杖を巻いて、ギュッとしめつける。

メリメリと音をたてて、杖が砕ける。川口はゾッとした。

力をこめて真由美を突き放すと、立ち上がったが、フィルムがその足首に巻きついた。

「畜生！」

川口は引きずられて倒れた。真由美が笑った。

「村長さん、あんたも仲間よ」

車が、二人にライトを浴びせた。真由美がまぶしげによろける。

そのとき、川口の足首に巻きついていたフィルムがパッとほどけたと思うと、一気に凄《すご》いスピードで家の中へ吸い込まれるように戻っていった。

「——大丈夫か」

川口は、喘《あえ》いでいたが、穏やかな声が頭上で聞こえ、目を上げた。

「吸血鬼か……。あんたも？」

「人を害することのない吸血鬼。フォン・クロロックという者だ」

と、マントをはおったその妙な男は自己紹介した。

「お父さん」

「エリカ、その女は？」

真由美が倒れていた。——首が鋭い刃物で切られたように大きく傷口をあけて、血に染まっている。

「死んでるよ」

「フィルムが巻きついていて、それが急に戻ったので、切れたんだ」

川口は、よろけながら立ち上がって、

「ともかく、あんたたちが来てくれて助かったよ」

と、息をつく。

そのとき、

「村長さん？　村長さんですね」

と、女が車を出てやってきた。

「あんたは……」

「まあ、ご健在で！　私――八田佳代子《はったかよこ》ですわ」

川口がすぐにその名を思い当たったのは誰にも分かった。

「そうか……。あんたが佳代子……。あの子か！」

川口は、佳代子の肩に手をかけて、

「よく帰ってきてくれた！」

と、声を震わせたのだった。

過　去

「お母さんが——吸血鬼にかまれた？」

のぞみが青ざめて、川口《かわぐち》の顔を眺めた。

「そんなことが……。じゃ、お母さん、吸血鬼だっていうんですか」

「それは私にも分からん」

川口は深刻な表情になった。

「ただ、その何かに佳代子《かよこ》さんが襲われたことは確かだ」

「私は……五歳でしたね」

「うん。その後、あんたの母親は、黙って村を出ていってしまった。ずっと気になっていた。本当だよ」

クロロックたちは、車のそばに立っていた。

ドアを開けておいて、川口を座席に座らせ、話を聞いているのである。

「本当のことを言った方がいいのではないかね」

と、クロロックが川口へ言った。

「どういう意味です？」

「それだけのことで、あんたが三十何年もその女の子の名まで憶えているかな？　ずっと村長を続けていたのも、いつかけりをつける日が来ると思っていたからだろう」

川口は目を閉じて、深く息をつくと、

「確かに。もし、佳代子が戻ってきたら、何もかも話すつもりだったが、いざ、顔を見るとな……」

「何があったんですか、村長さん？」

佳代子はしっかりと村長を見て、

「話してください。私は知る必要があるんです！」

川口は、圧倒されたように目を伏せて、肯《うなず》いた。

「――分かった。これは、私とほんの数人の村人しか知らんことだ。知っていた者も、もう半分は死んでしまった」

川口は、やっと白み始めた空に点々と浮かぶ山の方へ目をやって、

「この村には、もともと魔物が住むという言い伝えがあった。この村の墓地が山の上に作られているのも、そいつのせいで目覚めた死者が村までやってこないようにするためだったと聞いた。――三十七年前、私は村長になって、村を近代化しようと張り切って

いた。そんな馬鹿げた迷信を信じている限り、村は発展しない、と思った……」

村長宅から音楽が聞こえてきた。——あの映画の音楽だ。フィルムが勝手に上映しているのに違いない。

「私は、あの山の上の墓地を閉めることにした。ところが——」

川口は深くため息をつくと、

「村人が続けざまに四人も死んだ。——それも、まともな死に方じゃなかった。首を切られたり、体中の骨を砕かれたり……。人間のやることじゃない。村中が怯《おび》えた。私は悩んだ。自分のせいで、こんなことになってしまったのかと……。私はあの山の墓地へ、夜中に一人で出向いていった……」

「どうなったんですか」

と、佳代子が訊《き》く。

「そいつは待っていた。怒りで一旦目覚めたそれは、容易なことでは許してくれなかった。私は自分が犠牲になるつもりだった。もとはと言えば私の判断がその事態を招いたのだからな」

川口は、佳代子を見上げて、

「だが、そいつの要求は……とんでもないものだった。大人の血では、満足し切れないのだと言う。そいつは、幼い子供の血を要求した。それに応じれば、もう一度静かに眠りにつくと言ったんだ」

苦しげな声になった。

「私は……他に道はなかった。拒めばもっと大勢の村の人間が殺されるだろう。——私はそいつの要求を承知した」

——夜が明けてくると、暗がりの中から村のたたずまいが浮かび上がってくる。

しばらく誰も口をきかなかった。

のぞみが大きく息を吐いて、

「じゃ……お母さんをわざとそいつの所へやったんですか」

「そうだ。そいつは、五つの娘の血をたっぷりと飲んで、満足し、墓地へ帰っていった」

「そんな……」

「佳代子。あんたの母さんが村を出ていったのは当然だ。村を恨《うら》み、呪《のろ》っていただろう。——だが、あんたが元気に生きていて、嬉しいよ。ホッとした」

クロロックがゆっくりと川口の方へ近寄ると、肩を叩いて、

「そいつを、あの映画のロケ隊が起こしてしまったわけだな」

「そう……。墓地へ入ってはいかんと厳しく言ったのに、あいつらは夜中にそこで撮影を始めた……」

「そいつはフィルムの中に吸い取られ、町へ出て、何人かの人間を死なせた。だが、今、フィルムは帰ってきた。そいつも一緒に」

クロロックは村長の家へ目をやった。いつしか音楽は止《や》んでいる。

「エリカ、行くぞ」

「うん」

クロロックとエリカが家の方へ歩き出すと、

「危ないぞ！　あいつはフィルムの中へ、本間《ほんま》巡査と、女房を取り込んだ。きっと他にも誰か――」

「私が行きます」

と、佳代子が、進み出た。

「お母さん！」

「向こうはきっと私のことを憶えているわ。昔話をするのも楽しいわ、きっと」

「馬鹿言わないで！」

と、のぞみは怒って言った。

「見て！　煙が……」

と、広中充子《ひろなかみつこ》が言った。

村の家の一軒が火に包まれている。アッという間のことだった。

「いかん！」

川口が駆け出そうとした。

「待ちなさい」

クロロックが川口を止めると、燃えている家の方へ向かった。チラッとエリカの方へ目をやる。

クロロックが両手を広げて、大きく息を吸い、吐き出すと、燃えている家が黒い煙に包まれた。それは雨雲が下りてきて、包んでいるようだった。

「――凄《すご》い」

と、有田《ありた》が言った。

「凄い特撮だ」

火はたちまち黒い雲に叩き潰《つぶ》されるように消えていく。白い煙がふき出してきて、火がほとんど消えたことを知らせる。

「危ない！」

と、のぞみが叫んだ。

村長の家からフィルムが――まるで蛇の群れのように這《は》い出てきた。それは凄いスピードで地を駆けると、燃えた家に向いて立っているクロロックへと殺到した。

佳代子が悲鳴を上げた。

フィルムはアッという間にクロロックの体へと巻きつき、さらにその上から二重、三重に巻きついて、クロロックの姿をおおい隠した。

「大変！　何とかして！」

と、佳代子が駆け寄ろうとするのを、のぞみが止める。

「お母さん、死ぬよ！」

「でもクロロックさんがやられてしまうわ！」

だが——クロロックを包み込んだフィルムは、突然白い煙を上げ始めた。逃げようとして地面へ這い出したフィルムも、身をよじって、煙を上げ、小さく縮んでいった。

バラバラとフィルムが地に落ち、クロロックが現れる。

「——苦しい」

と、フィルムの中から声がした。

「村長さん！　助けて！」

女の叫び声。

「本間たちだ。——本間と女房の声だ」

断末魔《だんまつま》の呻《うめ》き声が立ち上って、かすれて消える。フィルムの山が一気に白い煙を吐いて、灰となった。

「——浅知恵だった」

と、クロロックは言った。

「私に火を消させておいて、エネルギーがそっちへ向いている間に襲いかかるつもりだったのだ」

突然、エリカがその場に倒れた。

「――まあ！」

広中充子が駆け寄って抱き起こすと、

「気を失ってるわ」

「火を消したのはエリカでな」

と、クロロックは言った。

「娘には重荷だった。体力を使い切ったろう」

「水をあげないと。ひどい汗！　びっしょり服が濡れてます」

「娘を頼む」

クロロックは、村長の家へと歩いていく。佳代子はのぞみへ、

「ごらんなさい。エリカさんも命をかけて闘ってるのよ。お母さんも行くわ」

と言うと、クロロックの後についていく。

「――まだ中にいる」

「はい。感じます」

と、佳代子は肯いた。

「用心しろ」

「話をさせてください。もし、できたら」

二人は、家の中へ入った。

二階へ上がる階段の下まで来て、上の暗がりを見上げると、

「――来たな」

と、老いた男の声がした。

「眠っておれ。お前は目覚めてはいけない存在なのだ」

と、クロロックが言うと、かすれた笑い声がして、

「人間は愚かだ。自分たちがなぜ生きているかも知らん。過去に学ぶこともしない」

「あなたの過去は？」

と、佳代子が進み出る。

「――誰だ、お前は」

「忘れたんですか。あなたにとっては、ついこの間のことでしょう。私には、三十七年も前のことですが」

少し沈黙があって、

「あのときの――。そうか！」

声が震えた。

「私は憶えています。あなたの声を。星がきれいだろう、と言ったあなたの声を」

「そう……。そうだった」

「私はあなたを恨んでいません。懐かしいとさえ思っていたんです。あなたは私の故郷そのものでした」

「お前は私の仲間だ。さあ、おいで」

と、声は言った。

「上がっておいで！」

そのとき、佳代子を押しのけて、のぞみが立った。そして、階段の上をキッとにらむと、

「お母さんに手を出したら許さない！」

と、鋭く叫んだ。

「のぞみ――」

「やっつけてやる！」

「だめよ、のぞみ！」

のぞみが一気に階段を駆け上がると、二階に青白い光が射した。

窓が――二階のすべての窓が一気に開け放たれた。障子も、襖《ふすま》も、バタバタと音をた

てて倒れる。

　そして、朝日が二階をまぶしいほどの明るさに染め上げると——。

　のぞみは、崩れかかった「人間らしいもの」がたじろぎ、よろけるのを見た。のぞみは真っ直ぐそれへ向かっていった。

「やめてくれ！」

と、それは言った。

「我が子よ！」

　朝の光がまともに当たると、それは粉々に飛び散っていった。

　廊下には、かすかな白い灰が残った。

「——のぞみ」

　佳代子とクロロックが上がってきた。

「お母さん……」

　のぞみは呆然と立ちすくんでいる。

「分かったかな」

と、クロロックが言った。

「この母親の中の吸血鬼の素質は、君に現れたのだ。君は今、自分の力で窓を開け、光を入れて、奴を倒したのだ」

「私が……吸血鬼？」

のぞみは、青ざめて呟《つぶや》いた。

「――墓地はていねいに整備して、保存しましょう」

と、川口は言うと、クロロックの手を握った。

「そうしてくださるか。昔からのものを否定するのに、必ずしもそれを滅ぼす必要はないのです」

クロロックはそう言うと、明るい日の射す村の方へ目をやった。

「――困ったな」

有田がしきりに嘆《なげ》いている。

「フィルムを持って帰らないと、クビだ」

「君、私が証言してあげよう」

クロロックが有田の肩を叩く。

「でも、うちの社長は言いわけなんか聞きませんよ」

「大丈夫。私が会えば、意見も変わるさ」

クロロックは、車に乗せてもらった礼に、その社長にちょっと催眠術をかけてやるつもりなのである。

八田佳代子がやってきた。

「のぞみ、見かけました？」

「エリカと一緒だ。心配することはありませんぞ。若い者は逞《たくま》しい」

と、クロロックが言っているところへ、当のエリカとのぞみが笑いながらやってきた。

「のぞみ。もう大丈夫？」

「うん。——持って生まれたものは自分のせいじゃないし、捨てるわけにいかないしね。

それに、好きな男の子を振り向かせられるじゃない」

「エリカ。お前、何を教えたんだ？」

と、クロロックが苦笑いしている。

「やあ、タクシーですよ、珍しい」

有田の言葉に、広中充子がちょっと舌を出して、

「あ、そうだ。クロロックさんが寂しいだろうと思って、お招《よ》びしたんです」

——タクシーから降り立ったのは、涼子《りようこ》と虎《とら》ちゃんだった。

「おお、愛《いと》しの妻よ！」

と、クロロックが駆けていくと、涼子は、

「ごまかしたってだめ！　若い女を三人も連れて、さぞ楽しかったでしょ」

「何の話だ？　私は決して——」

必死で妻のご機嫌を取るクロロックを見ていたのぞみは、そっとエリカの方へ言った。

「吸血鬼にも怖いものがあるんだね」

「まあね。十字架、ニンニクより恋女房かな」

「じゃあ——女房で吸血鬼なら、怖いものなしだ!」

のぞみは力強く言った。

解説

宮《みや》木《ぎ》あや子《こ》

今の時代「ある程度の年齢に達した日本人ならほぼ全員名前を知ってる存命の小説家」は数えるほどしかいない。そしてそのうちのひとりが赤川次郎先生であることには誰も反論しないだろう。しがたって著者に関しての解説は必要ないし、私も恐れ多くてできないため省く。ただ、私が生まれた年（１９７６年）にオール読物新人賞からデビューされていることと、唯一私が小耳に挟んだことのある赤川先生のちょっとおちゃめなエピソードだけは記しておこう。

この文庫が発売される二ヶ月後くらい（四月期）から、おそらくＮＨＫで『鼠、江戸を疾る２』が放映されるはずだ。アイドルユニット「タッキー＆翼」に属する全年齢対応型王子様・滝沢秀明《たきざわひであき》さんがイケメン鼠小僧（次郎吉）の役を演じるこのドラマは、赤川先生の比較的最近のシリーズが原作である。原作の小説は読みやすい江戸人情もので、そぎ落とされた無駄のない文章で描かれている次郎吉さんの風貌や所作がひたすらにかっこよく、滝沢さんご自身もその役柄がお気に入りになったと見え、シーズン１が終わったあとも座長を務める舞台「滝沢歌舞伎」で鼠小僧次郎吉を演じつづけている。この演目の最後には「次郎吉先輩、マジパねえっす！」と思わず口を開けてポカンとしてしまうほど大量の小判（凹凸《おうとつ》のあるアルミ蒸着フィルム製。軽量なので顔に当たっても痛くない）が、天井から客席へと降ってくる。これは昨年夏に行われたシンガポール公演でも同じ演出が為され、現地の観客たちは大興奮しながら、降ってくる小判をその手に収めようと上方へ腕を伸ばしていた。私が聞いた噂によれば、赤川先生も日本で観劇された際、この小判を集めて後日ご自身のファンの集《つど》いのお土産《みやげ》になさったとかなさってないとか。本当なんでしょうか。あの小判、実はアルミ蒸着フィルムのと紙のと、二種類あるのご存知でしたか先生？

前置きはこのくらいにして本題に入ろう。このたびの文庫は吸血鬼シリーズの十四巻目である。サラっと十四巻目と書いたが、これは作家にとって本当はすごい数字なのである。今私の手元にある赤川先生の一番新しい本は『鼠、剣を磨く』の角川文庫版で（さすがに全作品は追えてません。２００８年あたりで赤川先生の著作は五百冊を超えたそうです）、巻末の広告には実に四十冊もの赤川作品の名が並んでいる。しかしながらここには同じ角川から出版されている『鼠』や『三毛猫ホームズ』は入ってないのである。もはやホームズの最新刊が何冊目なのか、ホームズが生きているのかどうかすら判らないレベルだし、もしかしたら既《すで》にしっぽが二股に割れてる御年かもしれないので詳しくは触れないでおくが、それだけたくさんの本が出版されている中、コバルト文庫という、どちらかといえば「消費」されやすいレーベルで出版されたシリーズが、三十年以上ものときを経て十代の少女たちや三十路《みそじ》をとうに超えた元少女たちや、レーベルがコバルト文庫だったがゆえに当時は手に取れなかった赤川次郎ファンの中年男性や高齢男性たちの目に触れることがとても嬉しい。ちなみにコバルト文庫のほうでも本シリーズは年一冊刊行のペースで引き続き出版されており（２０１２年に刊行された三十冊目の題名は『ドラキュラ吸血鬼フェスティバル』。楽しそう）、昨年からはオレンジ文庫のラインナップに入っている。

少女の時代に『りぼん』→『コバルト文庫』で育った私はもちろんリアルタイムでこのシリーズを読んでいた。今現在コバルトを読んでいる少女たちには信じがたいだろうが、当時のコバルト文庫には、コバルト新人賞の受賞作家以外の男性作家が執筆者として名を連ねていた。山浦弘靖《やまうらひろやす》先生、山崎晴哉《やまざきはるや》先生、夢枕獏《ゆめまくらばく》先生、そして赤川次郎先生などなど。みんな少女小説の作家ではなく、ご自分の専門分野がある。山浦先生は脚本家。吸血鬼シリーズをリアルタイムで読んでいた層ならば「星子と宙太」というふたりの名前に郷愁を覚える元少女たちは多いだろう。背表紙は白だった。同じく脚本家の山崎先生はあの『ルパン三世 カリオストロの城』を担当されているすごい脚本家だ。『アレキサンドリア物語』でエジプトにはまった読者もいるのではなかろうか。背表紙は灰色だった。夢枕獏先生のコバルト文庫デビュー作の主人公はなぜか高齢の無職男性である（しかもアル中ぎみ）。背表紙は乙女心をくすぐるとても綺麗な淡いブルーグリーンなのだが、主人公は高齢の無職男性。私が知る限り、コバルトで高齢の男性が主人公の話は、ほかには三浦《みうら》しをん先生の『政と源』だけだが、この本の主人公ふたりは無職じゃないし、単行本はコバルトから出なかった。

吸血鬼シリーズの背表紙はブラウンである。主人公は吸血鬼の父と人間の母の間に生まれた神代《かみしろ》エリカ。第一巻『吸血鬼はお年ごろ』では女子高生だった。コバルトの主人公としては王道の設定だ。しかし探偵ものに必要不可欠な「主人公の相棒」役は、友人でも恋人でもなく、父親の吸血鬼、クロロック氏である。人間じゃないため、もはや彼がおじさんなのかおじいさんなのか齢《よわい》仙人レベルなのか判らない。

この解説を執筆するにあたりシリーズを読み返してみたら、やっぱりほとんど内容を忘れていて（なにせリアルタイムで読んでいたのは二十五年前だ）、おぼろげに「ああ、この男子たしかいなくなるんだよな」とか「これはたしかのっぺらぼうで、みどりが腰抜かすんだよな」とか、断片的にしか思い出せなかったのだが、三十年以上も前に書かれているのにぜんぜん「古く」なかった。否、表現や単語はその時代を感じさせるが、今でも乙女は小腹がすいたら鯛焼きを食べるしパフェに目を輝かせるしクレープや可愛いケーキに胸をときめかせるものだ。「パーラー」とか「アベック」とか、溢れ出るアンノン族感と清里《きよさと》感にむしろ一回りしてキュンキュンする。嗚呼《ああ》、乙女の憧れテニス合宿！　白銀のスキー場で生まれる恋！（BGM：ユーミン）そんなナウなヤング感たっぷりな描写の中、ときどき著者のおじさんがひょっこり顔を出して胸焼けたりしてるのも可愛い。

そう、このシリーズは「可愛い」のである。中年男性の考える女子の「可愛い」はとんでもなく的外れなことが多いが、赤川先生は「可愛いの的《まと》」を、狙っているわけでもないだろうに、まったく外していないのだ。だから古くならないし読者が白けることもない。なんで男の人、しかも恋愛小説ではなくミステリーの作家なのにこんな普通の女の子が書けるのだろう、と思う。そしてそんな女の子たちを放任しつつも優しく見守るクロロック氏も可愛い。エリカの異母弟の面倒もちゃんと見てるし父親として娘も友達も守るかっこいい一面もある。私は真面目《まじめ》で厳しい父親から半ば監禁されているみたいな家庭環境で育てられた子供だったので、こんな自由で楽しいお父さんならどんなに良かっただろう、と、読み返して改めてしみじみと羨《うらや》ましく思った。もしそんなお父さんだったら私も小説家になってはいなかっただろうけど。

本作『忘れじの吸血鬼』には1995年〜96年のコバルト本誌に掲載された三作品

が収録されている。十五年の時を経てエリカたちは高校生から大学生になっており、作中には携帯電話が登場している。小説の時の流れって素晴らしいですね！　怪談『牡丹灯籠』を思わせるホラーに始まり、つづく二作も更に山深い土地で繰り広げられる王道のホラーである。特定の映像を観た者が何か怖い目に遭《あ》う話は、なんとなく『リング』を思い起こさせるが、あっちは呪いのビデオでこっちは霊力的なものを持つ映画のフィルムだ。このフィルムが大暴れする。フィルムの呪いが、とかではなく物理的にフィルムが大暴れする。もともと第一巻も、クロロック氏の巣があった山深い場所から始まっているし、山深い場所では何が起こっても不思議じゃないものなのだ。

たぶんこの解説を読んでいるのは本文を読み終えた人が大半だろうから、要約は省く。話の内容を知りたい人は本文を読んだほうが早いと思うので読んでください。本には「正しい読み方」なんてものは存在せず、感想は自分の感じたことがすべてだから、解説になど頼らずなんの先入観もなく真正面から楽しんでほしい。

余談だがエリカとクロロック氏の訪れる先では、金田一少年や江戸川コナンくんも青ざめる勢いで人が死ぬ。「旅行先で金田一少年やコナンくんに会ったら一目散に逃げろ」という我が家の教えに、私はエリカとクロロック氏を加えたい。最近はこういう話を書く作家があまりデビューしなくなっていて、新人作家のミステリーだと一冊の中でひとり死ぬか死なないかである。死んだとしても殺した人や死んだ現場を見た人が深いトラウマを負うケースが多い。私がデビューした十年前も「作中で人を安易に殺すな」という風潮が根深かった。

ならば何故タランティーノ監督の映画が日本でも絶賛されているのか。あれだけ景気よく人が死ぬ作品もないだろう。人の死ぬ物語が現実と切り離された、異世界の娯楽として成り立っているからこそ、この「吸血鬼シリーズ」が三十年以上もの長きに亘《わた》り支持されているのだと思う。

コンテンツ不足に喘《あえ》いでいるテレビドラマ業界の人たちよ、今こそ本シリーズを映像化するべきときではなかろうか。冒頭に記した『鼠』も良いが、意外なことにこの吸血鬼シリーズは1985年に一度映像化されたきり、以降三十年間一度もドラマ化されていない。主人公は美少女、父親は吸血鬼、という字面《じづら》だけでわくわくする登場人物に、既にシリーズ三十三冊が刊行されていてうまく当たれば何期もつづけられるのに、どうして誰も手を付けていないのかと不思議になる。もったいないです。ていうか、私が観たいです。映像化の際にはぜひクロロック氏を遠藤憲一《えんどうけんいち》さんでお願いします。キャー観たいー!!

（みやぎ・あやこ　小説家）

この作品は一九九六年七月、集英社コバルト文庫より刊行されました。

集英社文庫

忘《わす》れじの吸血鬼《きゅうけつき》

2016年2月25日　第1刷　　　定価はカバーに表示してあります。

著　者　赤川次郎《あかがわじろう》
発行者　村田登志江
発行所　株式会社　集英社
東京都千代田区一ツ橋2-5-10　〒101-8050
電話　【編集部】03-3230-6095
【読者係】03-3230-6080
【販売部】03-3230-6393（書店専用）

印　刷　凸版印刷株式会社
製　本　凸版印刷株式会社

フォーマットデザイン　アリヤマデザインストア　　マークデザイン　居山浩二

ISBN978-4-08-745413-0 C0193